岩 波 文 庫

37-703-1

ウンガレッティ全詩集

河 島 英 昭 訳

JN159308

目次

第一詩集『喜び』（一九一四―一九年）―― 17

「青春の名残り」

永遠 20
倦怠 20
東地中海 21
絨毯《じゅうたん》 23
たぶん生まれているのだ 24
苦しみ 24
アフリカの思い出 25
わが家 26
五月の夜 26
ガッレリーアで 27
明暗 27
祖国の民 29

「埋《うず》もれた港」

思い出に 34
埋もれた港 37
砂漠の金の麻 38
通夜 40
小休止 41
オリエントの面影 43

日暮れ　44
消滅　44
今宵　47
面影　48
沈黙　49
重荷　50
地獄堕ち　51
目覚め　52
憂愁　54
宿命　56
兄弟　57
昔むかし　58
ぼくは神に造られた物　59
夢うつつに　60
河川《かわがわ》　62

遍歴　67
単調　69
美しい夜　71
宇宙　72
まどろみ　73
カルソの聖マルティーノ村　74
不和　75
別離　76
郷愁　77
なぜか？　79
イタリア　82
休暇　83

「難破」

難破の喜び　86

聖夜　86
夜の谷間　88
孤独　90
朝　91
眠り　91
夕べの始まり　92
遠く　92
変身　93
嬉しさ　95
いつもの夜　96
また別の夜　97
六月　98
夢　103
燃えあがる薔薇　104
儚《はかな》さ　104

谷間の小径から　106

「漂泊の人」

牧場《まきば》　108
担ってゆくのだ　109
漂泊の人　110
晴れ間　112
兵士たち　113

「新しい門出」

生還　116
パリのアフリカ人　116
皮肉　118
いつも見る夢　119
ルッカ　120

見出された女　121
祈り　122
第二詩集『時の感覚』（一九一九―三五年）――123
「新しい門出」
おお夜よ　126
風景　128
季節　130
リグーリア地方の静寂　134
倦怠に　135
セイレーン　138
アフリカの思い出　139
「クロノスの終焉」
山鳩　142
孤島　142
湖、月、暁、夜　144
アポローン　145
死への讃歌　146
三月の夜　149
四月　150
暁の誕生　150
七月には　152
女神ユノー　153
八月には　154
風の襞　155
灰色だらけ　156

あなたのヴェールを剝ぐだろう　157
クロノスの終焉　158
炎　160
岸辺　160
レーダー　162
終焉　163
おのれの姿にも似て　163

「夢と調和」

冴《こだま》　166
下弦の月　166
彫像　168
影　168
微風《そよかぜ》　169
星座　170
夢　171
泉　172
二つの調べ　173
夕べには　173
赤と青　174
叫び声　175
静けさ　175
晴天　177
日暮れ　178

「伝説」

大尉　180
最初の愛　183
母親　184
光あるところへ　185

夜明けのオフィーリアの思い出　187
一九一四―一九一五年　188
革命に斃《たお》れた戦士へのエピグラフ　192
「讃歌」
幻想の責苦　196
ピエタ　198
カイン　206
祈り　209
地獄堕ち　211
ローマのピエタ　213
時の感覚　214
「死の瞑想」
第一の歌　218
第二の歌　220
第三の歌　221
第四の歌　222
第五の歌　222
第六の歌　224
「愛」
遊牧民の歌　228
歌　229
〔一切の光が消えて……〕　230
序曲　231
どういう叫び声を　231

わが誕生日を祝って　232
重さを失うと　234
星空の沈黙　235

第三詩集『悲しみ』（一九三七―四六年）―― 237

「すべてを失って」
すべてを失って　240
兄よ、もしもあなたが　241
「来る日も来る日も」
来る日も来る日も　244
「時は沈黙した」
時は沈黙した　254
苦い調和　255
おまえは砕け散った　257
「松の木との邂逅」
松の木との邂逅　262
「占領下ローマ」
足取りも狂って　264
血脈のなかに　266
山上の死者たち　268
あなたもまたわたしの川だ　271
起こるのだろうか　276

「追憶」
貧しき者の天使　280
二度と叫ぶな　281
追憶　282
地上　283

第四詩集『約束の地』（一九三五―五三年）―― 287
カンツォーネ　289
噂を聞くうちに　親しくなった　死者について　292
ディードーの心のうちを描いたコロス　294
パリヌールスの詠唱　306
無の変奏　309
詩人の秘密　310
フィナーレ　312

第五詩集『叫び声と風景』（一九三九―五二年）―― 315
独白　317
おまえは叫んでいた、苦しいと……　330
気晴らし　335
飛んでいた　336
後ろには　337

跳びはねている　340　意味を追って　343
韻律の習作　342
第六詩集『老人の手帳』（一九五二―六〇年）　347
約束の地を求めて　最後のコロス　349　二重唱　371
言葉を失った小曲　368　永遠に　373
最後の日々（一九一九年）（フランス語詩篇）　375
「戦争」　牧場《まきば》　381
朝露のきらめき　382
ギヨーム・アポリネールに　378　旅　382
夜想曲　378　人生　383
憂愁　380　晴れあがった今宵　383
冬　380　兵士たち　384
前奏曲　381　郷愁　384

地平線　385
暁と夜想曲　387
三月末　388
夏の夜　388
閃光　389
結論　390

「P―L―M」

黒の成就　392
ロマン・シネマ　398
異国の葦　403

散逸詩篇―405

エジプトのアレクサンドリア風景　406
聖油式　408
口には表わせない　410
顔立ち　410
海辺の避暑地　411
むせび泣く声　411
詩　413
朝露のきらめき　414
朝と夜の祈り　414
恢復期に杖にすがって　416
鬼の口ずさむ歌　416
夜明けの温もり　417
暁　417
〔腐った空の……〕　418

病みついて　419
倦怠　421
マンドリン曲　419
霧　423
すずらん　420
月の絵模様　427
バベルの塔　420
夢　428
甘い言葉　421

詩の必要　431

訳注　491
解説　517
あとがき　564
『ウンガレッティ全詩集』編纂のために使用した文献　573
『ウンガレッティ全詩集』作成のために利用した主な参考文献　574
年譜　577

ウンガレッティ全詩集

第一詩集『喜び(1)』（一九一四—一九年）

「青春の名残り」
「埋もれた港」
「難破」
「漂泊の人」
「新しい門出」

青春の名残り②

一九一四―一五年、ミラーノ

永　遠

摘みとった花と贈られた花
そのあいだに言いあらわせぬ虚しさ

倦　怠

この夜も過ぎてゆくだろう

この移りゆく孤独
ゆらめくは架線の影か
湿ったアスファルトのうえに

ぼくは見つめている辻馬車の
御者の頭が眠りかけては
またよろめくのを

東地中海(3)

水平線が
煙っては死ぬ
はるかな天の弧に

手拍子たたいて踵《かかと》を鳴らして
クラリネットがアラベスクを吹き
海は灰色
やさしく不安に戦《おのの》いている
小鳩のように

船尾にはシリアの移民たちが踊っている
船首には独りの若者が立っている

土曜の夜のこの刻限には
ヘブライ人が
彼方へ
運び去ってゆく
亡骸《なきがら》を
螺旋《らせん》の奥に
ゆらめく
小路
燈火《ともしび》

濁った水は

聞こえてくる船尾のどよめきにも似て
影の
眠りの
なかへ

絨《じゅう》毯《たん》

どの色も手足を伸ばしてくつろいでいる
別の色のなかで
さらに孤独を守るためにはそれを恐れよ

たぶん生まれているのだ(4)

霧が湧いてぼくらを掻き消してゆく
この上にたぶん生まれているのだ一筋の川が
魔女の歌声にぼくは聞き入っている
湖の底にはかつて町があった

苦しみ

死ね蜃気楼《しんきろう》に渇いた
雲雀《ひばり》のように

あるいは海を越えて
最初の茂みで
飛ぶ気力も
失せてしまった
鶉《うずら》のように

だが嘆きを糧にしては生きるな
盲鶸《めくらひわ》のようには

アフリカの思い出

太陽が町をさらってゆく
もう何も見えない

墓石たちもあれほど逆らったのに

わが家

あまりにもたくさんの
愛のあとの
驚き

世界じゅうへ
撒《ま》きちらしてきたつもりだったのに

五月の夜

回教寺院の尖った頭に

空がかぶせた
燈明の花冠《はなかんむり》

ガッレリーアで(5)

片目の星空が
あの沼からこちらを窺っている
そして凍《い》てついた祝福を射しこんでくる
夢遊病者のこの
倦怠の水族館のなかへ

明暗(6)

墓石たちも消えてしまった

このバルコニーから
墓地までを
埋めつくした無限の黒い空間

このあいだの晩自殺した
アラブの友人が
ここまで会いにきてくれた

また夜が明ける

最初の薄明りの
濁った緑と
最後の暗がりの
悲しい緑に見えかくれして
墓石たちが帰ってくる

祖国の民⑺

一群れの棕櫚《しゅろ》の林が逃げた
そして月は
無限の彼方から乾いた夜ごとを照らした

固く閉ざされた夜のなかで
悲しくも亀は
もがいている

一つの色はつづかない

疑いに酔って真珠は
もう夜明けの光を揺すっている

そして足もとに束の間
燃え残った火

新しい風の呼ぶ声が
もう犇《ひし》めいている

消えてゆくファンファーレに
山々の懐で蜜房が生まれる

帰ってこい太古の鏡よ
隠れた水のひだよ

そして
深い雪を切り裂き
祖父たちの見なれた景色を
はやくも新緑が飾るころ

静かな光のなかで
帆舟が整列する

ああ祖国よ年ごとにあなたは
ぼくの血のなかに目覚めてくる

飢えた海原をあなたは
歌いながら進んでくる

埋《うず》もれた港（8）

思い出に⑨

名は
モハメッド・シェアブ
遊牧の民の太守の
末裔《まつえい》
帰るべき
祖国もなく
自殺した友
フランスを愛して
名を変えた

その名をマルセル
だがフランス人にもなれず
もはや天幕を張り
コーヒーをすすりつつ
コーランの
祈りに
聞きいる
すべもなく

またその落魄《らくはく》した
孤独のうたを
うたう
すべもなく

共に住んだ
パリの

カルム街五番地
宿屋の女主人と
亡骸をはこんでいった
色あせた坂の小道

いつの日も
町はずれは
人の散りはてた
市《いち》の
あとにも似る
墓地イヴリーに
彼は眠る

ありし日の
その命を知るはもう
ぼくひとりか

一九一六年九月三十日、ロクヴィッツァ

埋もれた港

詩人はそこまでたどりつき
歌をたずさえて帰ってくる光のなかへ
そして撒きちらすのだ

その詩から
ぼくには残る
尽きない秘密の
あの虚しさが

一九一六年六月二十九日、マリアーノ

砂漠の金の麻

揺れてはかすむ翼を
目の沈黙が切り離してゆく

風がむしりとってゆく
乾いた珊瑚《さんご》の口づけを

夜明けとともにぼくは青ざめてゆく

郷愁のアラベスクのなかへ
そそぎこまれてゆくぼくの命

かつては仲間もいたが
世界のすみずみを心に映しながら

いまぼくは方位を嗅いでいる
死にたどりつくまでは旅まかせ
ぼくらに眠りという休息はあるが
太陽が悲しみを消してゆく

金の麻の
生暖かいマントをかぶる

そしてこの荒れ果てた
テラスから腕を差し出すのだ
降りそそぐ光のなかへ

一九一五年十二月二十二日、第四高地

通夜

一晩じゅう
身を投げ出していた
虐殺された
戦友のかたわらに
彼の口は
満月に向かって
歯ぎしりし
彼の手は
流れる血を
ぼくの沈黙のなかに
滴らせてきた
ぼくは書いた
愛にあふれる手紙を

かつてこのときほどまでに
かたく命にぼくは
しがみついたことがなかった

一九一五年十二月二十三日、第四高地

小休止⑽

ぼくといっしょに戦場へ行くのは誰だろう

しなやかな草の上には
ダイヤの雫を
太陽が撒きちらしている

ぼくはすなおに待ち受けている

晴れやかな宇宙の
転落を

リラの木の影に濡れて
山々はふくれあがり
空へ漕ぎだす

あのかろやかな天空の弧に
魅惑の糸は切れた

真逆さまにぼくのなかへ落ちる
ぼくは自分の巣のなかで翳《かげ》ってゆく

一九一六年四月二十七日、ヴェルサ

オリエントの面影

しめやかに移りゆく微笑《ほほえ》みのなかで
ぼくらはつながれているのだ
渦巻き芽生える欲望に

太陽がぼくらを摘みとってゆく

目を閉じれば
湖のなかを
無限の期待が泳いでゆく

目覚めればさらに重く
この肉体が
大地を引きずっている

日暮れ

肌色の空が
目覚めさせた遊牧民の
愛のオアシス

一九一六年四月二十七日、ヴェルサ

消滅

蛍は心が撒きちらしたものか
緑から緑へ
点《とも》っては消えた

一九一六年五月二十日、ヴェルサ

それをぼくは数えてみた

両手でこねていると土が
蟋蟀《こおろぎ》だらけなので
ぼくはうたいだしてしまった
いつもと同じ
心で
つつましやかに

愛されていてもいなくても
ぼくは自分を覆いつくしてしまった
一面に雛菊の花で
ぼくは根をおろしてしまった
腐った土のなかに
雛罌粟《ひなげし》みたいに
よじれた茎を

ぼくは伸ばしてしまった
山樝子《さんざし》の
茂みのなかで
ぼくは摘みとられた

今日は
真青なアスファルトの
イゾンツォ川みたいに
自分の体を固めている
灰色の川床で
陽に曝《さら》されながら
いまは飛び去る
雲へと変身する

ついに完全に
解き放たれて

いつもの怯えた存在が
もはや時の心を打たない
時も所もなく
それで仕合わせだ

ぼくの唇に大理石の
口づけが触れてくる

一九一六年五月二十一日、ヴェルサ

今宵

そよ風の手すりに
今宵はもたせかけてみた
ぼくの憂愁

一九一六年五月二十二日、ヴェルサ

面　影(11)

歩きに歩いて
ぼくは見つけた
愛の井戸を

千一夜の
片目のなかで
ぼくは休んだ

廃れた園を見つけては
彼女は立ち寄った(12)
山鳩みたいに

真昼の
空の
喪失のなかで
ぼくは彼女のために摘んでやった
オレンジとジャスミンを

一九一六年六月二十五日、マリアーノ

沈黙(13)

毎日太陽の光にあふれて
あの一瞬にすべてが失われてしまう
町をぼくは知っている

ある晩そこをあとにした

心のなかでは蟬《せみ》が
鳴きつづけていた

白亜に塗った
船から
ぼくは見届けた
あの町が消えてゆくのを
あとには
しばらくのあいだ
濁った夜空に一抱えの光の泡が
懸かっていた

一九一六年六月二十七日、マリアーノ

重荷

あの農夫は
聖アントーニオの
メダルに身をゆだねて
足取りも軽く歩いてゆく

ぼくときたら孤独で露《あら》わな
この魂を抱えている
何の幻想も持てずに

一九一六年六月二十九日、マリアーノ

地獄堕ち

死すべき事物のあいだに閉じこめられてしまった
（星空さえも終わるだろう）

なぜにぼくは神を願うのか？

一九一六年六月二十九日、マリアーノ

目覚め

あらゆる瞬間を
ぼくは生き抜いた
別の機会に
自分の外の
深い時代のなかで

追憶をたずさえてはるかにやってきた
失われたぼくの生を求めながら

見慣れた親しい事物に
浸りきって目が覚める
驚きかつ
和《なご》んでゆく自分

ゆるやかにほどけてゆく
雲を追って
目を凝らせば
思いだされてくる
死んだ
戦友たちの顔

それにしても神とはいったい何か?

そして怯えきった
生きものは

目を見張りながら
受け容れてゆく
星空の雫と
物言わぬ平野とを
そして蘇《よみがえ》ってくる
命の感覚が

一九一六年六月二十九日、マリアーノ

憂　愁

宿命につながれた
肉体にそって憂愁が降りてくる
あふれる魂のなかで

不意に深い沈黙にとらえられた
打ち棄てられた肉体に夜の帷《とばり》が降りてくる
もはや見えない目が示している
一つの理解

やさしく打ち棄てられた
苦しみに脹《ふく》れた肉体の群れ
いまはゆがんだ遠い唇のなかに
潰《つい》えてしまった肉体の残忍な逸楽
みたされぬ欲望のなかに
強張《こわば》った唇

世界よ

狂った遍歴のなかで
仰天した

愛の瞳

眠りとともに
煙となって消えていった遍歴
そのなかでもしも死にめぐりあえば
それこそは真の眠りだ

一九一六年七月十日、一四一高地

宿　命

苦しい任務につかせられた
人造繊維
その程度の物のくせに
なぜぼくらは嘆くのか?

一九一六年七月十四日、マリアーノ

兄弟

どこの隊の者だ
兄弟か？

闇のなかで
震える言葉

生まれたばかりの木の葉

ひきつった夜のなかで
思わず高ぶってしまった
おのれの弱さに向きあう
人間

兄弟だ

一九一六年七月十五日、マリアーノ

昔むかし(14)

赤ずきんの森に来てみれば
緑のビロードの
ソファーみたいに
やわらかな
斜面がある

思えば遠いカッフェで
ぼくはまどろんでいたものだ
独りきりで

この月みたいに
かすかな
光を浴びながら

一九一六年八月一日、一四一高地

ぼくは神に造られた物

聖ミケーレ寺院の
この石みたいに
かくも冷たく
かくも固く
かくも乾いて
かくも頑《かたく》なに
かくも完全に
魂を失ったまま

この石みたいに
ぼくの悲しみは
外からは見えない

おのれの死を
生きながら
贖《あがな》っているのだから

夢うつつに(15)

辱《はずか》しめられた夜にぼくは立ち合っている
空は撃ち抜かれた

一九一六年八月六日、第四高地の塹壕で

刺繡みたいに
一斉射撃で
兵士たちは
みな隠れた
壕のなかに
殻にこもった蝸牛《かたつむり》のように

遠くで
悲しみに打ちひしがれた
石工たちが
ふるさとの小道の
火成岩の
石畳を叩いている
見えはしない
聞こえてくるのだ
それが夢うつつに

一九一六年八月六日、第四高地の塹壕で

河《か》川《わがわ》(16)

傷ついた木にすがって
この窪地にぼくは棄てられている
ここには興行の前後の
サーカスの
やるせなさがある
そしてぼくは見つめている
静かに移りゆく
月影のなかの雲を

今朝は横たわった
水の骨壺のなかに

そして遺骸のように
ぼくは休んでみた

イゾンツォ川は流れながら
ぼくを磨いていった
小石のように

手足の骨を
引きあげてぼくは
そこを立ち去った
水の上の
軽業師のように

うずくまって
戦いに汚れた
衣服の脇で

遊牧民のように
頭をさげては
太陽を浴びた

これがイゾンツォ川
ここでぼくは
知ったおのれが
この宇宙のかぼそい
草にすぎないことを

苦しみは
調和した
おのれが信じられない
ときにある

だがあの隠れた

手が
こねまわして
ぼくに授けてくれた
たまさかの
仕合わせを

ぼくは思い返してみた
過ぎ去ったおのれの
生涯の風景を

これらが
ぼくの河川《かわがわ》だ

これはセルキオ川
この水を汲みつづけたのだ
二千年来おそらく

故郷の人びとが
父や母が

これはナイル河
この流れが見届けたのだ
生まれ育ってぼくが
果てしない草原に
無知の火を燃えあがらせるのを

これはセーヌ川
この濁った流れに
混ぜ合わせて
おのれをぼくは知った

イゾンツォの流れのなかで数えてみた
これらがぼくの河川だ

ぼくの郷愁だ
夜になればそれは
一つ一つの流れのなかに
ぼくを透きとおらせてゆく
そのとき命は
暗闇のなかにひらいた
一つの花冠だ

一九一六年八月十六日、コティチ

遍歴⑰

曲がりくねった
この瓦礫《がれき》の道を
身構えながら

何時間も何時間も
ぼくはひきずってきた
ぼくの屍《しかばね》を
泥にすり切れた
靴底のように
あるいは山樝子《さんざし》の
種のように

ウンガレッティ
苦役の男
おまえを勇気づけてやるには
一握りの幻想があればよい
行手から
サーチライトが
霧のなかに
海をつくり出す

単調

二個の岩につなぎとめられて
ぼくはやつれている
この天蓋の
濁った
空の下で

小径がもつれあい
ぼくの盲《めしい》をふかめてゆく

この単調さにまさる
荒廃はない

一九一六年八月十六日、アルベロ・イゾラートの塹壕で

かつて
ぼくは知らなかった
ありふれた
事物の一つも
夕べの
空の消滅
さえも

そして静まり返った
アフリカのぼくの土地に
竪琴の調べが
消えたとき
ぼくは風に甦《よみがえ》った

一九一六年八月二十二日、アルベロ・イゾラートの塹壕で

美しい夜

どこの歌声が湧き起こって
今夜は織りなしたのか
こだます心で
水晶の星空を

どこの祭りが湧き出たのか
婚礼の心から

久しくぼくは
暗闇の水たまりだった

いまは噛みしめている
乳房にすがりついた赤児みたいに

この空間を
いまは酔い痴れている
この宇宙に

一九一六年八月二十四日、デヴェターキ

宇　宙

海へ出て
ぼくは
そよ風の
棺《ひつぎ》に入った

一九一六年八月二十四日、デヴェターキ

まどろみ

山々の背も
いつのまにか眠ってしまった
暗い谷間のなかで
もう何もない
かすかに聞こえてくるもの
蟋蟀《こおろぎ》の声だけだ
それがぼくの不安の
伴奏をする

一九一六年八月二十五日、デヴェタ―キからサン・ミケーレへ

カルソの聖マルティーノ村

これらの家並のなかで
残ったのは
切れぎれの
わずかな壁だけ

ぼくと心を交わしあった
たくさんの者たちのなかで
生き残ったのは
ほんの一握りだけ

しかし誰の心のなかにも
十字架がないわけはない

ぼくの心は
最も激しく引き裂かれた村だ

一九一六年八月二十七日、アルベロ・イゾラートの塹壕で

不和

飢えた狼となって
ぼくは引きずりおろしてやる
肉体の仔羊を

欲望の海原に浮かんだ
ぼくは
みじめな小舟だ

一九一六年九月二十三日、ロクヴィッツァ

別　離

ここにいるのは
変わりばえせぬ一人の男

ここにいるのは
見棄てられた一つの魂
無感覚な鏡

それが訪れてきて目覚めさせ
ぼくと合体し
ぼくを所有する

かくも静かにぼくのうちから
生まれ出てくる稀なる善

しばらくのあいだ続いていたが
やがてはかなく消えてしまった

一九一六年九月二十四日、ロクヴィッツァ

郷愁(18)

春はまだ浅く
通りゆく人影も
とだえがちに
やがて夜も
白むころ

パリの空に
涙の

暗い色はつもる

橋の
片隅で
ぼくは見守りつづける
きゃしゃな
少女の
はてしない沈黙を

ぼくらの
悲しみは
溶けあい

流れ去ったかのように
ぼくらは残る

一九一六年九月二十八日、ロクヴィッツァ

なぜか？(19)

少しは慰めが必要なのだ
失われてしまった暗いぼくの心でさえ

泥だらけの岩の狭間で
草のように光を浴びて
せめて静かに震えたがっているのだ

それなのに
現代の投石器のなかで
砕かれた岩にぼくはすぎない
にわかに起こった戦闘の
この道ばたで

この世の
不死の顔をのぞきこんでしまった
その日から
狂人は知りたがっている
悩める心を
迷路に落として

ひしゃげてしまった
轍《わだち》みたいに
ぼくの心は聞き耳をたてている
失われた航跡を
ひたすらに
追ってきて

目を凝らせば地平は

噴火口の群れに黒ずんでいる
今夜のように
噴き出してくる火花のなかで
せめて心を照らしておきたい

せっかく支えてきたのに
ぼくの心は
弾丸のように
砕けて岩にのめりこんだ
この平野のなかで
けれども一向に
飛ぶ気配はみせない

あわれな無知に
青ざめている

ぼくの心

一九一六年、カルシア・ジューリア

イタリア

ぼくはひとりの詩人
いつも同じ声で叫ぶ
夢の塊だ

ぼくはひとつの果実
無数の接木《つぎき》の果てに
温室のなかで熟したのだ

けれどもあなたの民衆も
ぼくのことも生み落としたのは

同じ土地
イタリアだ

そしてあなたの兵隊と
同じ服を着て
ぼくは休んでいる
まるで父親の
揺り籠にいるみたいに

一九一六年十月一日、ロクヴィッツァ

休暇[20]

親愛なる
エットレ・セッラよ
詩とはこの世界だ

人類愛だ
そして自分の命だ
言葉から咲きでた
錯乱の酵母から
浮かびあがった驚異だ

沈黙の奥に
一つの言葉を
見つけたとき
それは命のなかから抉《えぐ》りだした
一つの深淵だ

一九一六年十月二日、ロクヴィッツァ

難破

難破の喜び(21)

そしてまたすぐに続ける
旅だ
まるで
難破のあとに
生き残った
海の狼

一九一七年二月十四日、ヴェルサ

聖　夜(22)

嫌だね

こんがらがった
街路のなかに
入りこむのは

ひどく
疲れて
肩が重いのだ

いいから
放っておいてくれ
片隅に
置き
忘れられた
家具
みたいに

ここでは
感じられない
何も
温もりのほかには

暖炉の
煙の
四頭の
仔鹿とだけ
いたいのだ

一九一六年十二月二十六日、ナーポリ

夜の谷間(23)

今夜の

顔は
そっくりだ
乾いた
羊皮紙に

この遊牧民は
腰を曲げ
雪に覆われて
めくれた
木の葉みたいに
置き去りにされている

終わりのない
時が
風みたいに
ぼくを

吹き過ぎてゆく

一九一六年十二月二十六日、ナーポリ

孤　独

それなのにぼくの叫び声は
傷つけてゆく
稲妻みたいに
天空の
きゃしゃな鐘を
そして青ざめては
消えてゆく

一九一七年一月二十六日、サンタ・マリーア・ラ・ロンガ

朝

ぼくは輝く
果てしなく

一九一七年一月二十六日、サンタ・マリーア・ラ・ロンガ

眠り

雪明りの
シャツを着て
くつろいでいる
この村を
まねてみたい

一九一七年一月二十六日、サンタ・マリーア・ラ・ロンガ

夕べの始まり

命は虚《うつ》ろになって
透き徹って昇ってゆく
太陽に縁取りされた
あふれる雲の塊のなかへ

遠　く

遠く遠く
盲みたいに
手を引かれてきてしまった

一九一七年二月十五日、ヴェルサ

変身

ぼくは
凭《もた》れかかっている
日焼けした乾し草の山に

鋭い痛みが
走って蠢《うごめ》いてゆく
肥沃な畝から畝を

たしかにぼくは生まれたのだ
この土塊《つちくれ》の人びとから

一九一七年二月十五日、ヴェルサ

移ろう空を
見つめながら
目のなかに感じている
節くれだった
桑の樹皮みたいに
荒れた男の肌を

幼児《おさなご》たちの顔のなかにも
ぼくは感じている
葉を落とした樹々のあいだに
燃えあがる
赤い木の実にも似たおのれの存在を

陽射《ひざし》を浴びた
雲にも似て
ぼくは透き徹ってゆく

このぼくを磨《す》り減らして
なだめてゆくものを
薄れてゆくおのれの存在を
口づけのなかに感じている

一九一七年二月十六日、ヴェルサ

嬉しさ

この光をいっぱいに
浴びて
ぼくは火照《ほて》っている
熟れてゆく果実にも似て
この一日を

受け容れてゆく
砂漠のなかへ
消えていった
犬の遠吠えのように
今夜は
悔恨を
もつだろう

いつもの夜

わびしい人生が
先へ先へと延びてゆく
さらにおのれに怯えながら

一九一七年二月十八日、ヴェルサ

かすかな
肌触りで
ぼくを押しつけ
踏みつけてゆく
あの無限のなかへ

また別の夜

この暗がりのなかで
凍《い》てついた
手が
ぼくの顔を
さぐりあてた

一九一七年四月十八日、ヴァッローネ

無限のなかに打ち棄てられた
おのれを見つめている

一九一七年四月二十日、ヴァッローネ

六　月㉔

いつになったら
死んでくれるのだろうか
この夜は
そして別人になったみたいに
ぼくは眺めることができるだろう
眠ることもできるだろう
波の音に
聞き入りながら

家の囲いの
アカシアのところで
波は逆巻いては
消えていった

いつになったら目が覚めるのだろうか
あなたの体のなかで
夜鳴き鶯のように
それはうたっていた

そして衰えていった
熟れた麦の
つややかな
色みたいに

透きとおった

水のなかで
黄金のヴェールの
あなたの肌に
暗い霜が降りるだろう

空を引き裂く
鉄の破片に
身をまかせて
あなたは
一頭の
牝豹にもなるだろう

激しく
切り裂かれた
影となって
あなたは葉を振り落とすだろう

吠えながら
あの埃《ほこり》のなかで
声も失い
息も絶えるだろう

それから
まぶたを閉じるだろう

日暮れのように
ぼくらの愛が翳《かげ》るのを見るだろう

それからあきらめきって
ぼくは見るだろう
瀝青色の水平線にかかった
虹色のあなたの瞳を

ぼくといっしょにそれは死んでゆく

星空はもう
閉ざされてしまった
この時刻には
ぼくの故郷の
アフリカの
ジャスミンの花園にも似て

ぼくは眠りを失くしてしまった

しきりに揺れている
道のほとりの
蛍にも似て

死んでくれるのだろうか

この夜は?

一九一七年七月五日、カンポロンゴ

夢

ゆうべ
見た夢
平野に
一筋の
風の
道が
ついていた

金や青に
きらめく

ヴェールのなかで
海の藻がゆれていた

一九一七年八月十七日、ヴァッローネ

燃えあがる薔薇

打ち鳴らす鐘の
海原に
不意に浮かびあがった
別の夜明け

一九一七年八月十七日、ヴァッローネ

儚《はかな》さ

突然
立ち昇って
廃墟の上に
澄みわたった
無限の
驚愕

そして男は
身をかがめて
掻き乱された
水の上の
太陽のなかで
影へと
かえった

ゆるやかに

揺れてそして
砕けてしまった

一九一七年八月十九日、ヴァッローネ

谷間の小径から(25)

湧き起こった
山並が
くっきりと
時の懐に
あやされている

一九一七年八月三十一日、ピエーヴェ・サント・ステーファノ

漂泊の人（26）

牧《まき》場《ば》

大地がまとった
やさしく
かろやかな
ヴェール

あたかも
青ざめて
新妻が
わが子に
投げかける
はじらう
母親の

微笑み

一九一八年四月、ガルダ湖の山荘で

担ってゆくのだ

今年もまた
大地が解き放った
春の初めの
隠された
苦役の
疲れを
担ってゆくのだ
無限の彼方まで

一九一八年三月末、ローマ

漂泊の人㉗

地上の
どこにも
家を
ぼくは
もてない

新しい
風土に
出会う
たびに
かつて
慣れ親しんだ
おのれを見つけては

ぼくは
やつれてしまう

そのたびに身を引き離してゆく
行きずりの者として

生まれながらに
あまりにも生きてしまった
時代からの生還

ほんの始まりの
命の瞬間を
楽しむだけだ

そして無垢の
土地を探しにゆく

晴れ間

霧が
薄れて
一つ
一つ
星空が
ヴェールを脱いだ

さわやかな
風を吸うと
空の色が
口もとに

一九一八年五月、マイイーの戦地で

残る
ぼくは
通り過ぎてゆく
一つの影だ
不死の
円環にとらえられたまま

一九一八年七月、クールトンの森で

兵士たち

秋の
木の
梢の

葉だ

一九一八年七月、クールトンの森で

新しい門出㉘

一九一九年、パリ＝ミラーノ

生還(29)

事物が織りなしてゆく単調な不在の広がり
いまは青ざめて包まれてしまったもの
濃紺の深みが打ち砕かれた
いまは乾いてしまったマント

パリのアフリカ人
ふくよかな脹脛《ふくらはぎ》を女たちが隠して、追憶のように密《ひそ》やかに叫び声が追いかけてくる、太陽に叩きつけられた土地から、移ってきた者は、天の深みに沈みこんだ逆巻く海から、この都会へ降りてきた者は、仄白《ほのじろ》い土と残忍な煤とに出会う。

空間は尽きてしまった。

もはや二度とぼくには授けられないのではないか、偏見を混ぜない警告も、惜しみなく降り注いでこの世の幸《さち》を共有させる、あの太陽のなかの、魅惑の憩いも？

無数の街路から街路をさまよって、あげくの果てに、いまごろおのれに出会った、心気の触れた男は、おのれを取り巻く眩惑にひたすら怯えているのだ。そして心のうちに絶えず甦ってくるもの、それは精一杯の嘲笑と、焦燥の傷痕だけであろう。

変わり果てた男よ、死さえも、いまや恐怖を呼び覚まさない。だが、絶えざる未来の恐怖に取りつかれて、脱出の道も選べずに、永遠と和解できるように相変わらず思いこんでしまっている。いつの日か、怠惰で小心な疑惑の果てに、束の間の恩寵がほどこされて、一瞬の溜息のうちに、それを解き明かし、ときにはおのれの脳裡に無実の刻印を残してくれるだろう。そのことを夢見ている。

だが、それほどまでに片意地にならなくても、彼のうちにはもはや永続するものはないのだ。

貪欲な時の刻印を押されて、肉体までも向こう見ずになってしまった。あまりにも強く張られた、妙なる弦が、いま切れかける……

……………………………………

しょせん万物は渾沌へと向かうのだ。

ああ、自由な生か、さもなければ死を！

皮　肉

こごえた黒い枝のなかに春の音が聞こえる。

跡を追えるのはこの時刻だけだ、家並のあいだをただ独り思いにふけりながら。

窓という窓の閉ざされている時刻だ、しかし
このめぐりくる悲しみにぼくは眠りを奪われてしまった。

明日の朝には緑色のヴェールが木立ちを和らげるだろう、つい先ほど夜の闇が追いついてきたときにはまだ枯れていたのに。

神は落着かない。
わずかにこの時刻にだけ許されるのだ、ごく稀な夢想家にのみ創造の跡をたどる
殉教が。
今夜は、四月なのに、都会にはしきりに雪が降る。
忍び寄る冷たい顔立ちの者、いかなる暴力もこれだけは侵せない。

いつも見る夢

ナイル河が翳った
焦茶色の美しい娘たちが
水の衣をまとっては
列車を冷やかしている
みな逃げてしまった

ルッカ(30)

エジプトのぼくの家では夕食がすむとロザリオを唱えてから、母が故郷《ふるさと》ルッカのことを語ってくれた。

ぼくの幼年時代はそのすばらしい思い出に満ちていた。

現実の町には敬虔で狂信的な雑踏があるだけ。

その城壁のなかを人は通りすぎてゆくしかない。

ここに来た目的は旅立つことだ。

涼しげな酒場の入口に腰をおろすと、まわりの人たちがまるで自分の土地みたいにカリフォルニアのことを語りかけてくる。

人びとの顔立ちのなかに自分を見出して、ぼくは恐ろしくなった。

いまでは自分の体のなかを熱く駆けめぐっている、死んだ祖父たちの血だ。

ぼくも鍬を握ってみた。

湯気を立てる大地の太腿を掘り起こして、ぼくは笑い出してしまった。

さようなら野心よ、そして郷愁よ。

ぼくはもう過去も未来も知り尽くしてしまった。

いまでは自分の宿命も、出生のいわれも知ってしまった。

ぼくにはもう不敬を働くべき何ものも、夢見る何ものも、残っていない。

すべての楽しみを楽しみ、すべての苦しみを苦しんでしまった。

いまでは黙って死に身を任せるしかない。

では、心静かに孫の面倒でもみるというのか。

かつて、邪悪な欲望のために死すべき愛のなかに封じこめられていたとき、人生を讃えたこともあった。

そのぼくも愛を種の保存の道具とみなすとすれば、死を視野のうちに収めているのだ。

見出された女[31]

いまやヴェールを脱いで女がぼくの前に現われた、生まれたときの羞じらいの姿で。

あのときから彼女の身振りが、のびやかに、厳粛な豊饒のうちから湧き起こって、
　唯一の現実の優しさへぼくを捧げた。
その信頼のなかを、ぼくは倦《う》むことなく過ぎてゆくだろう。
いまごろはもう夜になって、月明りがいっそう露わに影を映しだしているだろう。

祈り

渾沌の眩暈《めまい》の淵から
清冽《せいれつ》な驚嘆の世界へ
目覚めるとき

ぼくの重みが薄れてゆくとき

主よぼくに与えたまえ難破を
あの若き日の最初の叫び声とともに

第二詩集『時の感覚』(32)（一九一九—三五年）

「新しい門出」
「クロノスの終焉」
「夢と調和」
「伝説」
「讃歌」
「死の瞑想」
「愛」

新しい門出㉝

おお夜よ

一九一九年

広びろとした不安の暁に
ヴェールを剝がされた木立ち。

苦しみの目覚め。

木の葉、木の葉の姉妹よ、
おまえたちの嘆きにぼくは聞き入っている。

めぐってきた秋、
死の床のやさしさ。

おお青春よ、
別離のときはいま過ぎ去った。
天空の高みの青春よ、
解き放たれた飛翔よ。
そしてもうぼくは見棄てられた。
曲がりくねったこの憂愁のうちに失われて。
いまは夜が無限の距離を撒《ま》きちらしてゆく。
茫漠たる沈黙、
幻の星屑の巣、
おお夜よ。

風景

一九二〇年

朝

さわやかな思索の王冠をかぶって、
水のなかに花とひらき輝いている。

昼

山並はかぼそい煙霧にくだかれ、押し入ってきた荒涼の気配はいらだちに蠢《うごめ》き、
眠りは乱されて、彫像の群れも不安に戦《おのの》いている。

夕べ

燃えあがったときにおのれが裸身であることに気づいて、花盛りの肌は海のなかで緑の壜と化した、それはもう真珠母でしかない。

あの羞じらいの事物の動きが一瞬ヴェールを脱がせた。人の世の憂いの正しさを明かしながら。すべてを無に帰せしめること。

夜

何もかも横たわって、やさしくなって、混ざりあってしまった。
走り去る汽車の警笛。
もはや証人もいなくなって、ふと現われた、
ぼくの素顔は、疲れて希望を失っている。

季節[34]

一九二〇年

1

ああ上品で楽しげな色香を
苦しみの静寂が育てている、
やがて和らぐであろう、
あこがれの星で飾られ、
妙なる調べで磨かれて、
ああ芽生えたばかりの胸が、
早くも波打っている、
人目をしのぶ願いにあふれて怯えた、
その姿を
ぼくは見つめてきた。

逃げだした虹色の花々が
あなたの気高い道の上に
神秘の話し声を撒きちらしてゆく。

そして変わりやすい風、
幻と消えた青春よ。

2

あなたは飼い馴らされて不安となった。

すでに暗く深く
夏の時刻は気落ちしてゆく。

すでに高く輝く
墳墓に向かって、錨は抜かれた。

暗い真昼から、
早くも離ればなれになって、疲れて揺れながら、
追憶が呼び覚ましてくる。

あなたの愁いをぼくは織らないだろう、
だが月の光の溝の上に高台に
影は目覚めるだろう。

そして暁の斜面の上を
至高の激しさが
情熱の冠をかぶせてゆくだろう
さらにひそかに、記憶しつつやさしく、
しなやかに髪が風に鳴って
さわやかに金泥を塗ってゆくだろう
辱《はずかし》められた土地が。

3

こうして歳月の額の上を通り過ぎていった
羞じらいながら最後の色が。

若やいだコーラスが無限の彼方に
谺《こだま》していた。

つぶやく水のなかで
雉鳩の群れが映え
銀色の星座と混ざりあった。

4

あれは痴呆の極みの一瞬だった。

いまは夢も沈黙した。

樫の木も裸になった
けれども相変わらず根は玉石のなかに張っている。

リグーリア地方の静寂

一九二一年

屈曲して海原がひろがってゆく。
あちこちの骨壺のなかでまだ
太陽がひそかに水を浴びている。
軽やかに移ろう肌の色。
そして彼女が不意に胸もとをひらいてみせた

羞じらいに見ひらいた円《つぶら》な瞳。
岩影が沈んで死んでゆく。
陽気な腰のまわりに甘くほころびて、
静かに燃えあがったものこそは真実の愛だ。
そして微動もせぬ朝
雪花石膏の翼に撒きちらされてゆく
彼女の姿をぼくは楽しんでいる。

一九二二年

倦怠に

静けさ、いま成就しつつあるぼくの饐《す》えた肉体が一つの企みのうちに蘇《よみがえ》ったときのこと。

差しだされた彼女の手が輝いていた、
けれどもいまはぼくが進めばその分だけ遠ざかってしまう。

この虚しい追跡のなかにぼくは失われてしまった。

夜明けが波打つとき、彼女は身を伸ばして、
笑って、ぼくの目から飛び去った。

狂気の侍女、倦怠よ、
あなたはかすかに酔っていた、やさしげに。

それにしてもなぜ、追憶はあなたのあとを追わなかったのか?

雲こそはあなたの贈物か?

それはつぶやきながら、遠くの
梢を歌声で満たしてゆく。

追憶、流れ去る影、
憂鬱な嘲笑、
暗い血……

年老いたオリーヴの
樹蔭で臆病な泉となり
あなたは戻ってきてぼくをまどろませる……

秘密の夜明けに、
あなたはまだ唇を求めている……

二度と知るまいあの唇は！

セイレーン

一九二三年

不吉な魂
あなたが点《とも》して愛を掻き乱すものよ、
安らぎもなく高みへぼくが戻るために
辛抱づよくあなたは顔立ちを変えてゆく、
そしてぼくが目的地に着くまえに、早くも
まだ幻滅していないぼくを
別の夢へと近づける。

穏やかなのに落着かない
海にも似て、あなたは宿命の島を
遠くから差し示しては隠してゆく、

果てしない欺瞞で、絶望しない者を
死へとあなたは誘《いざな》う。

アフリカの思い出

一九二四年

いまではもう果てしない平原と広い海との
あいだに閉じ籠ることもなく、また遠い時代の
卑しめられた者たちが、澄みきった大気のなかで、白じろと
崩れてゆく、鋭い音を聞くこともなく、またいまでは
苦い恩寵を剝ぎ取ってゆき
寓話めいて狂気を誉めたてる
幻想もぼくには持てないだろう。
また、疎《まば》らな椰子《やし》の葉蔭から現われ出た
淡い光の衣をまとった

月の女神を追うこともないだろう
(誇らかにその冷たさのなかで彼女はまばたいていた、
だが眼差《まなざし》のおかれる先に
みたされぬ願いは燃えあがる、
いつの世にも
ヴェールは無限だ)

海は煙る一線にすぎない
かつてはそれが貪欲に芽吹いたこともあった、
そして一杯の蜜を、渇きで死なぬために
味わわなかった者はいないだろう、いまは
それが平原のように見える、そして清らかな胸もとに、オパールの
首飾りをした月の女神よ、見え隠れするあなたは
もう震えもしない。

ああ! 雲が湧いて追憶の消えてゆく瞬間がまたやってくる。

クロノスの終焉

山　鳩

山鳩の鳴く声にぼくは別の大洪水の音を聞いている

一九二五年

孤　島

太古の思いに沈む森の奥の
永遠に日暮れた岸辺に、降り立って、
歩みを進めてみた
そして翼の音に呼び止められた、
そのとき湧き返る水が引き裂かれ

一九二五年

胸騒ぎのなかへ消えていった、
一つの影、（奪《やつ》れて
花と咲いた）あの影が見えた。
岸辺へ引き返してくると
一人のニンフがそこで
楡の木を抱きしめて立ったまま眠っていた。

影から炎へとおのれのうちに
さまよいつつ、牧場《まきば》へたどり着いたが
そこのオリーヴの根方では日暮れのように
瞳のなかに乙女たちが
翳《かげ》っていった。

枝の合間から落ちてきた雨は
ものうげな雌蕊《めしべ》の群れ、
羊たちがそこにはまどろんでいた
なめらかな温もりの下で、

光輝く覆いを
食べている羊たちもいた。
そして羊飼の両手はかすかに
熱を帯びたガラスだった。

湖、月、暁、夜

しなやかな灌木、睫毛《まつげ》
囁く声が隠れた……
青ざめた妬みが崩れてゆく……
一つの影となって男が通り過ぎる
押し殺した恐怖とともに……

一九二七年

輝く窪地よ、
太陽の河口へと誘《いざな》え！

思い出に満ちて帰れ、魂よ、
そして笑いながら見つけだせ
あの暗がりを……

時を、逃げてゆく戦《おのの》きを……

アポローン

一九二九年

不穏なアポローンよ、ぼくらは目覚めている！

不敵な額をあげよ、あなたも目を覚ますのだ！
血が高鳴りはじめる……
冷ややかな青は高みにある！
広がってゆく静けさ……

一九二五年

死への讃歌

愛、ぼくの若さの紋章よ、
地上を照らしに戻ってきたもの、
切り立つ岩の一日のなかへ消えたもの、
これが最後かとぼくが見つめている

（谷間の下へ、流れこむ轟音の
水の下へ、不吉な洞穴の
下へ）光の航跡よ、
嘆きの雉鳩にも似てそれは
漠とした草の上にためらっている。

愛、輝きわたる健康よ、
未来の歳月がぼくには重い。

ここまで握ってきた杖の手を放して、
ぼくは滑りこむだろう暗い水のなかへ
嘆くこともなく。

死、乾いた川よ……

記憶をなくした妹、死よ、

あなたは夢のなかでのように
ぼくに口づけをするだろう。

あなたの足取りとともに、
足跡も残さずにぼくは行くだろう。

神にも似た不動の心を
あなたは授けてくれるだろう、無垢となって、
もはや思念も善意もぼくは抱かないだろう。

意識は壁に塗りこめられ、
両眼は忘却に落ち窪んで、ぼくは
ひたすら仕合わせのもとへ急ぐだろう。

三月の夜

一九二七年

はしたない月よ、あなたの不意の光を浴びて
アポローンの眠るあたりに影が帰ってくる、
ひそかに透き徹ったまま。

夢がまた魅惑の瞳をひらいて、
高い窓の上に輝いている。

思いきって高く飛べ、願いよ、
大地に触れたときには
苦しみの形になってしまうだろう。

四　月

今日こそは初めて
あの瞳を見ひらくだろう、
青春が。

ためらっているのは、太陽か？
太陽がはにかみの目隠しをする。

一九二五年

暁の誕生

一九二五年

心素直な外套に包まれながらあの背光の真只中を、
胸もとから逃げていった、
笑いながら、それでいながら誘《さそ》うのか、
燃えさしの花を青白く
摘み取っては投げ返した、無垢な夜よ。

最後の戦きでいまこそ
最初の明るみを引き離すときだ。

天空の縁に、鉛色の深淵が広がっていった。

エメラルド色の指先が
虚《うつ》ろな仕草で織りだしてゆく
布地よ。

そして黄金の影は、かすかな溜息さえも

すばやく沈黙させながら、
はかない岸辺へと航跡を曳いてゆく。

七月には

一九三一年

彼女が身を投げ出すと、
美しい薔薇の茂みでさえ
悲しみの色に変わる。

谷間を崩して、川を呑みこみ
岩を砕いて、輝きつつ、
怒りはあくまでも頑《かたくな》に、鎮めるすべもない、
押し広げられてゆく空間、盲《めしい》た行手よ。
夏だ。幾百年、石灰に

潰れたあの瞳で彼女は
大地の骨を掘り起こしてきたことか。

女神ユノー

一九三一年

ぼくを苦しめるほどまで完璧なあの丸みのある、
あなたの腿が別の腿から離れてゆく……
酸っぱい夜のなかにあなたの怒りは広がってゆく！

八月には

一九二五年

死者の貪婪な悲しみが命ある者たちのあいだにざわめいている、
単調な沖合、
けれども孤独はない。

薙《な》ぎ倒された収穫物の無言の叫び、

夏だ、

翳った軌道のあたりであなたが火打ち石を叩いている、

円形闘技場のなかで灰が目覚める……

どこの暗黒の王《エレボス》があなたを呼んだのか？

風の襞

一九二五年

風の襞が揺れてさえくれれば……
夕べには、眩暈《めまい》のさなかのように
あなたが露《あら》わにしてみせる、桜桃の実、あこがれの肩……

灰色だらけ

一九二五年

蛇の脱殻から
小心者の土龍《もぐら》まで
灰色だらけ聖堂の上にまで漂っている……

黄金の舳先《へさき》のように
太陽は星から星へ別れを告げて
葡萄棚の下に眉をひそめる……

疲れた額のように
手のひらの窪みのなかで
夜がまたひらいた……

あなたのヴェールを剝ぐだろう(35)

一九三一年

美しい瞬間よ、ここへ戻ってこい。
青春よ、ぼくに話しかけてこい
この渦巻く時間のなかで。
ああ美しい思い出よ、しばらくのあいだ腰をおろしていてくれ。
いまは血脈のなかに黒い光が
沈黙した鏡の叫びが、
渇いた偽りの断崖が……
そして深く盲《めしい》た埃《ほこり》のなかから

美しい歳月が約束する。

しとやかな最初の足取りで、太陽が
夜の大地に触れたとき
そしてさわやかな風のなかに
煙という煙を溶かしたとき、
青ざめて空へと帰りながら
陽気な一撃があなたのヴェールを剝ぐだろう。

クロノスの終焉[36]

一九二五年

怯えた時間が
天空の懐で
奇妙にさ迷っている。

山並を飾るのは
霞《かすみ》かリラの花か。
消えていったのは最後の叫び声だ。
無数のペーネロペーたち、星屑よ
あなたたちを主《あるじ》が抱き寄せてくれる！
（ああ、見えない目よ！
崩れてゆく夜よ……）
またしてもオリュンポスの差しだす、
永遠の眠りの花。

炎

炎の目をした郷愁の狼が
露わな静けさのなかを駆けめぐる。
氷の上に映るのは空をゆく影だけ、
幻の蛇と束の間の菫とが溶けてゆく。

一九二五年

岸　辺

一九二五年

ささやく罠の

崖の上にやさしい灌木の風景を
魂が思いとどまらせる。

愚かな魂に向かって輝く窪地が
崩してゆく無言の狼狽
そして運んでゆく空しい死骸
冷たい、星の河口へ、
愚かな魂は水から帰ってきて
また笑いながら見つけてゆく
あの暗がりを、

その戦きのなかで一年が終わる。

レーダー(37)

きらめく歯が消してゆく
青ざめたものを。

そして忘却の予感をひろげながら、
照らしだされた死骸を
冷たい両腕にぼくは抱きしめる、
まだ温もりは残っていたが、
早くも揺れている
ひしめきあい隠れてゆく
波間に。

一九二五年

終　焉

おのれを信じて真実のなかで誰が絶望するか？

一九二五年

おのれの姿にも似て

一九二五年

船は行く、ただひとり
夜の静けさのなかを。
遠く、家並から、
ときおり灯《ひ》が洩れる。

夜の果てのなかで
海は水煙《みずけむり》のなかに渦巻いている。
ただひとり残った、おのれの姿にも似て、
消えてゆく波音……
また甦《よみがえ》ってくる……

夢と調和(38)

谺《こだま》

月影の砂漠を素足で踏み越えてゆく、
夜明けの光、賑やかな愛よ、谺とともに、
あなたは撒いてゆく、この宇宙の流浪の民を、
そして日々の肉体のうちに残してゆく、
永遠の軌跡を、癒えかけた傷痕を。

一九二七年

下弦の月

月よ、

一九二七年

空の羽か、
うっすらと、
かくも乾いて、
無垢な魂の囁きを運ぶのか？

廃墟になった劇場の蝙蝠《こうもり》たちが
夢のなかの牝山羊《めやぎ》たちが
あの青白い影に語りかけることはないだろう、
そして燃えあがった木の葉のあいだに
動かぬ煙にも似て、かすれた水晶の声をたてるのは、
夜鳴き鶯か？

彫　像

石と化した青春よ、
おお彫像よ、　おお奈落の人の彫像よ……
あまりにも長い旅のあとに騒ぐ
心が岩を嚙む
かすかな唇のあと。

一九二七年

影

休みない希望を抱く人よ、

一九二七年

光の粒のなかの疲れた影よ、
最後の熱暑も途絶えてゆくころ
薄れきってあなたはさ迷いつづけるだろう……

一九二七年

微風《そよかぜ》

夜明けの剣となって、空に
またその懐へ登ってゆく山に
聞き耳をたてるころ、いつもの
調和のなかへぼくは戻ってくる。
足もとには疲れた木立ちが
坂道を抱きしめる。

差し交う枝のすきまから
またしても翼の群れが生まれてくる……

星座

一九二七年

天空へ戻って燃えあがった寓話。
最初の北風に木の葉と散るだろう。
けれどもつぎの一吹きで、
新たなきらめきが戻ってくる。

夢

一九二七年

波の下にためらいが砕けて
夜明けの光がまたさらわれてゆく。

銀色の飛翔とともに切れぎれの
煙にほのかに燃えあがる頬。

物音が麦わらの山に触れてくる。

けれども湖のまわりにはすでに榛《はん》の木が
姿を見せた、夜明けだ。

眠りから目覚めへ、稲妻のごとく

飛び去ったもの、それが夢だった。

一九二七年

泉

空はすでにあまりにも奪《やつ》れてしまった
そしていま輝きが戻ってくる
そして泉には瞳が撒かれた。

首をもたげる蝮《まむし》、
すばやい偶像、小川の少年、
魂よ、夜のうちに戻ってきた夏、
空は夢見ている。

祈っている、あなたの声を聞くのが

ぼくは好きだ、移ろいゆく墓よ。

二つの調べ

せせらぎが草に指輪をつける、
険しい目つきで湖が紺碧の空を傷つける。

一九二七年

夕べには

露わな肌の溜息まじりの波間に
あなたが秘密をさらってゆく。微笑《ほほえ》みながら

一九二八年

息さえ絶えて、ぼくを亡《ほろ》ぼしてゆくあなたの声
それを聞くのにまさる甘美なものはない
瀕死の太陽のなかで
最後に燃えあがった影、大地よ！

赤と青

一九二八年

愛の二つの色よ、おまえたちが立ちあがるのを
ぼくは待ちかねていた、
いまこそ幼い日の空のヴェールが剝がされてゆく。
夢に見たいちばん美しい薔薇が差しだされる。

叫び声

日暮れがやってきて
単調な草原《くさはら》にぼくは休んでいた、
そしてあの果てしない欲望を
味わい返した、
濁った叫び声が空を翔《か》けて
死にゆく光を呼び止める。

一九二八年

静けさ

葡萄は熟れて、畑は耕された、

一九二九年

群がる雲から山が離れてゆく。
埃にまみれた夏の鏡の上に
影が落ちた、

震える指先に
あの光は澄んで、
あくまでも遠い。

燕の群れとともに飛び去ってゆく
最後の胸の痛みが。

晴天

一九二九年

夏がすべてを焼きつくした。

せめて帰ってこい指先ほどの影なりと、
虞美人草《ぐびじんそう》がおのれの血をまた見出した、
そしてこぼれ落ちた声が、月の光を浴びて
葦の茂みを殖やしてゆく。

不安が死んでゆく、そして憐れみも。

日暮れ

一九二九年

歩みゆく日暮れの足もとに
清らかなオリーヴの
緑を水が流しこんだ、

そして忘却の彼方の束の間の火に達した。

いまでは煙のなかに蟋蟀《こおろぎ》と蛙の鳴き声がする、
そして草原《くさはら》がかすかに震えている。

伝説㊴

大　尉(40)

一九二九年

いつでもぼくには出発する用意があった。

夜よ、おまえが秘密を持つときには、憐れみを持っている。

驚いて目を覚ましたときにも
子供のころには、ぼくは落着きはらって
人気のない街路に吠える野良犬の
声に聞き入った。あの部屋に
いつも点《とも》っていた、聖母の
小さな明りよりも、それは
不思議な道づれに思えた。

そして生まれる以前の
谺《こだま》を追いかけてゆくうちに、大人になっていた
おのれに心の底から驚いたのではないか？

けれども夜よ、おまえの素顔が露わになって、
岩に身を投げだしたとき
ぼくは戦《おのの》く繊維に過ぎなかった、
狂気は、すべての事物に映しだされて、
屈辱は押し潰されてしまった。

大尉の心は晴れやかだった。

（空には月が昇った）

背が高くて決して身をかがめなかった。

（ひとひらの雲に乗っていった）

彼が倒れるのを見た者はいない、
彼が呻くのを聞いた者はいない、
ふたたび現われたときには畝に身を横たえ、
両手を胸に当てた。

彼の目をぼくは閉じてやった。

（月は丸いヴェールだ）

羽よりも軽そうだった。

最初の愛

一九二九年

都会の夜が更けていた、
消え残った光が薔薇と硫黄の匂いを撒きちらしていた
そこへ、ゆらめく影のように、
あの形が昇ってきた。

寝苦しい夜だった
あのとき不意に、平静を装っていた
腋の下に、紫色の牙が現われた。

あの新たな不幸の夜ゆえに
そして遠ざかってしまったぼくの血の深みゆえに
秘密がぼくをあの奴隷にしてしまった。

母親(41)

一九三〇年

そして心が最後の鼓動によって
影の壁を崩し終わったときに、
主のもとへ、尊い母よ、ぼくを連れてゆくために、
あなたは昔と同じように手をかしてくださるだろう。

ひざまずき、固い意志を秘め、
あの永遠を前にした彫像にも似ていた、
それはあなたがまだ生を享《う》けていたころの
いつもの見馴れた姿だった。

震えながら年老いた腕をあなたは振りあげるだろう、

神よ、あなたのみもとへ、そう言いながら
息を引き取ったときさながらに。

そしてぼくを許し終わったとき、
初めてあなたはぼくに会いたくなるだろう。

そして思い出すだろう、長いあいだぼくを待っていたことを、
そしてはかない溜息があなたの瞳のなかに浮かぶだろう。

一九三〇年

光あるところへ

波打つ雲雀《ひばり》にも似て
若い牧場《まきば》の喜びの風のなかで、
軽やかなあなたを両腕がとらえた、さあおいで。

ここにいるあいだはもう忘れよう、
不正を、空を、
戦場を駆けめぐったぼくの血を、
新しい夜明けが白んでゆくとき
思い出の影の足取りを。

もはや光が木の葉をさやがせぬところへ、
夕べがやすらぐところへ、
夢や苦しみは別の岸辺へ移ってくれた、
さあおいで、あなたを連れていこう
金色《こんじき》の丘の果てへ。

歳月から解き放たれ、失われた
背光のなかで、時の歩みだけがひたすら
ぼくらの褥《しとね》になるだろう。

夜明けのオフィーリアの思い出

一九三二年

あまりにも早く物思いに沈んで、
たちまちに
虚しくも飲みつくされてしまった、すべての光は
あなたの瞳のうちに、早くも重さを失い
閉ざされた眼瞼《まぶた》のなかの満ち足りた瞳のうちに、
そして不死と化したあなたのうちに
あまりにも早過ぎた疑いの場景をあなたは追っていった
燃えあがり移ろう事物、
いまは安らぎを求めてそれが、
やがて束の間のあなたの沈黙のなかで
立ち止まるだろう、

事物もまた終わってしまった。
永遠の紋章、名声、
そして呼び醒まされた場景までもが……

一九一四―一九一五年

アレクサンドリア、あなたは、
幻影の台地に砕けながら
ぼくの思い出と化してしまった
空に懸かった一抱えの光のなかで。

一九三一年

あなたが去ってからはもはや
あなたの海が吐き出すしなやかな海草も、
地獄の狂乱をいまに伝える種も、

あなたを取り囲む乾涸《ひから》びた夕べの
無限も、沈黙の満月も、
さらには野犬の群れの吠え叫ぶなかで
重く垂れた天幕の下で眠った長い眠りも、
絨緞《じゅうたん》の上で交わした愛も、ぼくはもう嘆かなくなった。

別の血を承け継いでいたからあなたを失ったわけではなかったが、
あまりにもいままでとは異なったあの船の
静けさのなかで、憂愁が立ちこめてきた、
結局はあなたが他国のものであったという、
生まれた町への、ぼくの幻滅。

あのころは、イタリアよ、あなたのほうこそが
見知らぬ土地であり、ぼくが後にしたあの盲《めしい》た
日々よりも、さらに暗い夜だった。

けれども疑いは酔った真珠の色だ、
波瀾のときにこそ湧き起こって
ゆったりと地平に姿を見せる、
そして夜明けの光が吹き起こした
燃えさしよりも早く、とぐろを巻いてみせた。

澄みわたったイタリアよ、あなたはついに
移民の子にまで話しかけてきた。

すべての死せる人びとの
夢に浮かんで、目に見馴れた
山々が、初めてその姿を見せた。
御影石の谷間に響きわたる
その魅惑の声を聞いた。
黒ぐろとした森の夜を、あなたは見せた、
つつましやかに滴る雫よ、

勇壮な起源はそこに映しだされた。
初めて見た雪、それはすでに
若芽に切り裂かれて
山頂に光を縁取っていた、
そしてさまざまな声をからませる
葡萄の蔓、糸杉、オリーヴの枝、
家並を縫って流れる川、
撒きちらされた畑の静けさ、
流れは愛らしい懐をくぐり抜け、
さらに海原へとくだって
早くも風をはらんだ
帆の下で、釣舟のまどろみを揺すっていた。

あなたの歳月がぼくの血を目覚めさせた、
優しく、人間らしく、自由な、あなたの、あの姿が、
この地上における最も美しい生き方を。

数千年にわたる宿命の恩寵で
豊饒の祖国よ、あなたは雄々しく甦った、
あなたはあらゆる意味を語りかけてきた、
あなたのためならば、若者は愛に死ぬだろう。

革命に斃《たお》れた戦士へのエピグラフ

一九三五年

夢みて、信じて、愛したあまりに
ぼくはもうこの世にいない。

けれどもあの美しい手がただちに
支えてくれる早くも萎《な》えかけたぼくの足取りを、
いまは魂が失われかけ

千倍もの意志をもっていた
この腕があまりに重く伸し掛かってくるなかで、
それこそは母なる祖国の手だ。

強く、切なく、誇り高く、
この胸を押さえながら、どうか
ぼくの若い心を不滅のうちに握ってくれ。

讃歌

幻想の責苦

一九二八年

なぜに外見はつづかないのか?
愛らしいあなたに、触れれば、恐ろしげに凍りつき、
あなたは思念を露わにする、そしてさらに残酷に、
しかも同時に
過たずにぼくを新たな苦痛へとつなぐ。
なぜに精神よ、崩れながらもあなたは、創りつづけるのか?
なぜにぼくは、あなたに聞き入るのか?

いかなる永遠の秘密が

あなたを絶えず求めさせるのか？
あなたを追い、あなたを求め、
さらに高く昇って、休むことなく、
そして嵐のなかですら、疲れを知らない。
ああ、暗礁を打ち砕くにも似た、
幻想の責苦よ。

臆病な沈黙、無限の跳躍、
疾走、燃えあがる嫉妬、躊躇《ためら》い、
そして苦しみ、笑い、不安な唇、震え、
そして狂乱の叫び
そして泡立つ投身
そして偏狭な勝利
そして無数の孤独、

わかっているぞ、それらが真実の光でないことぐらいは、
だが、仕合わせな過ちよ、あなたの移ろいなしには
ぼくらに命があるだろうか？

ピエタ(42)

一九二八年

1

わたしは傷ついた人間だ。

ここを出て行って
ついには着いてみたい、
ピエタよ、人間が独りきりになって

おのれに耳を傾けるところへ。
わたしには傲慢と善意しかない。

そして人間たちの真只中に流罪されたおのれを感じている。

だが、彼らのためにこそ苦しんでいるのだ。
おのれに帰ることさえ値しないのではないか?

沈黙にわたしは多くの名前を与えてしまった。

言葉の虜《とりこ》になったがために
身も心も砕いてしまったのではないか?

幻想の上にわたしは君臨している。

ああ枯葉よ、
吹き散らされた魂よ……

いや、わたしは憎んでいるのだ、風を
追憶の彼方の獣《けだもの》の叫び声を。

神よ、あなたに祈る者たちはもはや
あなたの名前しか知らないのではないか？

あなたはわたしを生から追放した。
死からも追放するのであろうか？

たぶん人間は希望にも値しないのであろう。
悔恨の源《みなもと》さえ涸れてしまったのではないか？

罪などに何の意味があろうか、
それが純真を導くのでなければ。

肉体はかすかに思いだす
かつてはおのれが強い存在であったことを。

狂って使い古されてしまった、魂は。

神よ、わたしたちの弱さを見よ。

ただ一つの証《あかし》だけがわたしたちは欲しいのだ。

もはやわたしたちのことを笑いさえもしないのではないか?

どうかわたしたちに涙を注いでくれ、残酷に。

愛もなく希望に閉じこめられているのが
もはやわたしには耐えられない。

一筋の正義を示してくれ。

あなたの掟《おきて》とは、いったい何か？

哀れなわたしの感情を撃ってくれ、
わたしの不安を解き放ってくれ。

声なき声を叫ぶことにわたしは疲れてしまった。

2

憂愁の肉体よ
かつてはここに喜びが蠢《うごめ》いていた、
疲れた目覚めに半ば眼瞼を開けて、

あなたは見ているのか、熟し過ぎた魂よ、
土に帰した日の、わたしの姿を?
死者たちの道は生者たちのうちにある、
わたしたちは流れてゆく影だ、
それはわたしたちの夢のうちに芽生える麦だ、
それはわたしたちに残された距離だ、
そしてそれは名前に重みを与える影だ。
降り積もった影の希望
運命とはそれだけのことではないか?

そしてあなたは一つの夢にすぎないのではないか、神よ？

せめて一つの夢にあなたが似てくれることを、
不遜にも、わたしたちは願っている。

それは最も明晰な狂気の落とし子だ。

切れ長の眼瞼のかげで
夜明けの雀たちみたいに
差し交う枝のなかで震えてさえもいない。

わたしたちのうちに萎えゆく、不思議な傷口。

3

わたしたちを刺す光
それはか細くなってゆく一筋の糸だ。

殺すまでは、盲《めしい》にさせないのか？
この至高の喜びを、わたしに与えてくれ。

4

人間という、単調な宇宙、
おのれの領域を広げたと信じてはみたが
熱気を孕《はら》んだその手から
ただ限界しか出てこない。

虚空の上で一筋の
おのれの蜘蛛の糸にしがみつき、
恐れ戦き誘《いざな》うのは
ただおのれの叫び声だけ。

墓を建てて取り繕ってはみたが、
永遠よ、あなたを思うとき、
呪いの言葉しか出てこない。

カイン

一九二八年

お伽噺《とぎばなし》の砂の上をひた走る
足もとは軽やかだ。

ああ狼を飼い馴らす者よ、
おまえの歯は短い光で
わたしたちの日々を刺してゆく。

恐怖、疾走、

喉を鳴らす森、苦もなく
樫の古木を引き裂くあの手、
おまえは心を象《かたど》っている。

そして暗闇がひときわ増すときに、
魔法の木立ちのなかでおまえは
陽気な肉体なのか？

そしてわたしが渇望に引き裂かれるころ
時は移り、おまえは翳《かげ》り
わたしの足取りでわたしから逃げてゆく。

影に沈みゆく泉のように、眠れ！

朝がまだ秘密を孕んでいるうちに、
穏やかな波間に、魂よ、

おまえは引き取られてゆくだろう。

魂よ、おまえを鎮めることはできないのか？

血の夜を覗きこむことはないのか？

ふしだらな倦怠の娘、
記憶よ、止むことのない記憶、
それはおまえの埃から作り出された雲だ、
吹き払ってくれる風はないのか？

やがて瞳が無垢に戻れば、
わたしは永遠の春を見るだろう

そして、ついに新しい、正直者に、
記憶よ、おまえはなるだろう。

祈り(43)

一九二八年

まだ人間が住まぬころの世界は
どれほどゆったりと歩んでいたことか。

人間が悪魔の戯れを引きだしたのだ、
その漁色が空の色を告げた、
その幻想が創造者の名を告げた、
束の間を不滅と思いこんで。

命は大きく重たい
足もとで蟻の引いてゆく
死んだ蜂の翅《はね》のように。

持続するものから過ぎゆくものへ
主よ、動かぬ夢よ、
どうかまた約束してくれ。

ああ！　この子たちの心を晴れやかにしてくれ。

戻ってきて聞かせてやってくれ
無限の苦しみを通って、人間よ、
あなたもそこまで登ったのだと。

あなたこそは尺度、あなたこそは神秘だ。

清らかな愛よ、
どうか贖《あがな》いの石段に変えてくれ
裏切りの肉体を。

もういちど聞きたいものだ
あなたのなかでついに無と化して
抱きあう魂の声を、
そして彼岸にあって形づくるだろう、
永遠の人間の姿を、
あなたの仕合わせな眠りを。

一九三一年

地獄堕ち

活火山の粗い石にも似て、
谷川の磨り減った石にも似て、
独りぼっちの露わな夜にも似て、
怯えきった投石器の魂よ

おまえをなぜに拾ってくれないのか
確固たる主の手が?

この魂は
内心の虚しさを知った
誘惑の不実さを知った
世界の大きさを知った
そしてわたしたちの精神の企てがみな
尊大であることを悟った、

なぜに地上の掠奪ばかりを
悩み苦しむのか?

あなたはもうわたしを見ようとしない、主よ……

そして盲《めしい》た肉体のうちに

忘却だけをわたしは探している。

ローマのピエタ

ラファエーレ・コントゥに、一九三二年

われを失った人びとのなかに静かに立ちあがって、
硬い声で一人一人を呼び覚ましながら、
悲しい宿命を清らかな日々へと変えていった。

試練の家のなかへ
棕櫚《しゅろ》の木を運び込み、
悲しむ人びとを励ました。

かつてローマが望んだように、
休みなく明日をつくりながら、

嘆きの聖母像ピエタこそは多くの父たちを呼び覚ましつつ、
思念のうちに子供たちの運命を育んでいる。

工場という工場のなかに希望を解き放って、
彼女の両手には麦の穂が色づき
おのれの祭壇を胸もとへと運んでゆく。

時の感覚

一九三一年

そしてまさにあの光となって、
紫色の影が一散に落ちてゆく
小高い頂のあたりへ、
開かれた有限の距離、
わたしの鼓動を、まるで心のように、

いまは聞いている、
急げ、時よ、わたしの唇の上に
あなたの最後の唇を置け。

死の瞑想（44）

第一の歌

一九三二年

ああ影の妹よ、
光が強くなればなるほど夜になり、
わたしの後を追ってくる、死が。

清らかな庭では
無垢な願いがあなたを光にさらした
そして安らぎは失われた、
あなたの口もとで、
死が思いに沈んでいる。

あの瞬間から

脳裡に聞こえだしたあなたのせせらぎが
遠い深みを流れてゆく、
苦しみながら永遠と競うもの。
いつの時代にも
孤独と鼓動の
恐怖のうちで毒を含んだ母親、

罰せられては微笑む美貌、

肉体のまどろみのうちで
夢見つつ逃げてゆく女、

断じて眠ることのない
わたしたちと同じ背丈の敵対者、

いつになったらわたしが手懐《てなず》けられると思うか、言ってみよ、

命ある人びとの憂愁のうちを
まだしばらくはわたしの影は飛ぶだろうか？

第二の歌

一九三二年

不幸な仮面のわたしたちの
内なる命を掘り起こすもの
（無限の禁域）
甘い言葉を並べたてた
それは祖父たちの暗い通夜だ。

死、沈黙した言葉、
血にまみれた

寝床みたいに敷きつめられた砂場、
蟬《せみ》みたいにあなたの歌声が聞こえてくる
色褪《いろあ》せた薔薇の反映のなかで。

第三の歌

一九三二年

不幸な仮面のわたしたちの
皺をひそかに刻むもの
それは祖父たちの無限の嘲笑だ。

ああ、搔き乱された沈黙よ、
あなたは、光の深みのなかで、
蟬みたいに怒りの歌を唄いつづける。

第四の歌

雲がわたしの手を引いてくれた。
丘の上で時間と空間とをわたしは燃やしている、
あなたの使者のように、
神聖な死、夢のように。

一九三二年

第五の歌

あなたは目を閉じてしまった。

一九三二年

一つの夜が生まれる
偽りの穴に満ちて、
コルクのように
死んだ音に満ちて
水に沈んでいった網目にも満ちて。

あなたの手は吐息のように
犯しがたく遠ざかった、
捕えがたい思念にも似て、

そしておぼろな月に
揺れる影、甘くやさしく、
わたしの目の上にあなたが置こうとすれば、
その手が心の底に触れてくる。

木の葉にも似て

あなたは通り過ぎてゆく女だ
そして木立ちに秋の炎を放ってゆく。

第六の歌

一九三二年

ああ美しい餌食、
夜の声よ、
あなたの動きが
熱を搔きたててゆく。

痴呆の追憶よ、あなただけが、
自由を捕まえることができた。

捉えがたいあなたの肉体の上で
濁った鏡のなかで揺れながら
夢よ、いかなる犯罪をも、
あなたは教えてくれたではないか？

亡霊よ、あなたたちのことは断じて容赦しないぞ、
そして心にあなたたちの悔恨が満ちるとき
わたしの夜は明ける。

愛㊺

遊牧民の歌

女が立ちあがって歌いだす
風が追いすがって彼女を魅惑し
地上へ押し倒す
そして正夢が彼女を襲う。

この地面は露わだ
この女は狂おしい
この風は激しい
この夢は死だ。

一九三二年

歌

一九三二年

ゆるやかなあなたの口もとがまた見えて
（海は夜ごとにそれに会いにゆく）
逞《たくま》しい腰の牝馬が
悶えながらあなたを振り落としてゆく
歌いつづけるわたしの腕のなかで、
やがて眠りがあなたを連れ去ってゆく
色鮮やかな新たな死のなかへ。

そして酷《むご》い孤独よ
愛すれば、誰もがおのれのうちに見出してしまうもの、
いまは無限の墓標となって、
それがあなたとわたしとを永遠に分けてゆく。

愛する女よ、鏡のなかのようにあなたは遠い……

…………

一九三二年

一切の光が消えて
思念しか見えなくなったとき、
わたしの目の上に一人のイヴが
失われた楽園の布切れを置いた。

序　曲

魔法の月よ、疲れきったあまりに
あなたは、静けさを破りながら、
丘の上の老いた樫の木々の上に
淫らなヴェールを懸けた。

一九三四年

どういう叫び声を

夏の夜ごとにあなたは、
遅い月よ、日々の悲しみの
亡霊よ、最果ての太陽よ、

一九三四年

あわてふためきながら、
どういう叫び声をあげたのか？

月よ、仄《ほの》めかしながらあなたは、
美しい眠りのなかで、せわしなく大地を騒がせてゆく、
あなたの哀愁の愛撫のもとで、大地は
錯乱し虚無へと向かった、
そしていまは嘆いている、母であるがゆえに、
あの人とのあいだにはやがて
月の果敢《はか》ない覆いしか残らぬのではないか。

わが誕生日を祝って

ベルト・リッチに、一九三五年

ゆるやかに陽が傾く。

あまりにも透き徹った空が
この一日から剝がれてゆく。
枝わかれする孤独

遥か彼方から届いてくる
人声のざわめきにも似て。
諂《へつら》えば機嫌を損ねてしまう、
この一時の業《わざ》は奇妙だ。

早くも解き放たれた
秋の兆《きざし》ではないのか？
もう一つの神秘で

いま色づきながら駆けてゆく
美しい時が奪い去ってゆく
狂気の贈物。

けれども、やはり叫んでみたい、
過ぎゆく青春の感覚よ
暗がりにわたしを繋ぎ止めておいてくれ
そして永遠の相貌を与えてくれ、
わたしを放さないでくれ、留まってくれ、苦しみよ!

重さを失うと

オットーネ・ロザーイに、一九三四年

赤児みたいに一つの神が笑えば、
雀の群れがさえずる、
枝から枝へ踊り狂って、

一つの魂が重さを失うと、
牧場《まきば》はやさしく映えて、
あの慎みが瞳に甦る、

両手は木の葉にも似て
中空《なかぞら》に狂気する……

誰が恐れようか、誰が裁くのか？

一九三二年

星空の沈黙

そして木立ちも夜も
もう動かなくなった
ただあの巣のあたりだけが。

第三詩集『悲しみ』(46)（一九三七―四六年）

「すべてを失って」
「来る日も来る日も」
「時は沈黙した」
「松の木との邂逅」
「占領下ローマ」
「追憶」

すべてを失って

一九三七年

すべてを失って

幼い日のすべてを失って
いまはもうたった一つの叫び声のなかに
おのれを忘れることもできないだろう。

幼い日は埋めつくしてしまった
めぐりくる夜の奥深くに、
そしていまは、目に見えぬ剣《つるぎ》となって、
わたしをすべてから切り離してゆく。

思い出せばかつてはあなたへの愛を讃えていた、
そしてたちまちにおのれを失っていた
めぐりくる夜の果てに。

休みなく嵩《こう》じてくる絶望
わたしの人生はもはや、
叫べぬ声の岩となって、
喉の奥につかえてしまった。

兄よ、もしもあなたが

兄よ、もしもあなたが生き返って会いに来てくれたならば、
手を差し伸べて、
もう一度わたしは、
忘却の果てに身を躍らせ、あなたの
手を、兄よ、握るだろうに。

けれどもいまやあなたは、あなたを取り囲むものは

夢と、かすかな光でしかない、
いまは燃えあがらぬ過ぎ去った日々の燠火《おきび》。

思い出はただ影をゆらめかせるばかりで
わたし自身がわたし自身に
すでに虚しい思念の影の
もはや影にすぎない。

来る日も来る日も

一九四〇―四六年

来る日も来る日も

1

《だれも、ママ、こんなに苦しんだひとはいない……》
顔立ちはすでに失われかけていたが
辛うじて命の光を留《とど》めていた双の瞳を
枕許から窓辺へと向けた、
いたいけな子供の気をまぎらせてやろうと
父親が撒《ま》いたパンの屑を求めて
部屋のなかには雀たちが群がっていた……

2

夢のなかでしかいまは口づけもできない

差し伸べてくるあの手に……
わたしは語りかけ、働き、
何一つ変わったところもなく、恐れては、タバコをくゆらす……
あれほどの夜にどうしてわたしは耐えられるだろうか?……

3

これから先にもまだどれだけの恐怖を
歳月が運んでくるであろうか、
でもおまえが脇にいてくれたときには、
どれだけわたしの慰めになってくれたことか……

4

決して、決してわかってはもらえないだろう、どれほどわたしを照らしだしているか
わたしの脇にある影が、おずおずとしたあの影が、
あらゆる希望を失ってしまうときにも……

5

いまはどこに、どこにいるのか
部屋から部屋を谺《こだま》しながら駆け抜けて
疲れた男を苦しみから起こしてくれた、あのやさしい声は?……
大地があれを壊してしまった、あれを守っているのは
過ぎ去った一つの寓話だ……

6

他の声はみな消えてゆく谺だ
たったいまも一つの声がわたしを呼ぶ
不死の高みから……

7

空のなかにおまえの仕合わせな顔を探してはいるが、
わたしの目はわたしのうちに他の何ものをも見ようとしない

それさえもまたやがて神が閉ざすだろう……

8

愛《いと》しい、おまえが愛しい、それは絶えまない胸の痛みだ!……

9

非情な大地よ、巨大な海原よ
苦しみに耐えた肉体が
いま崩れてゆく墓地から
わたしは隔てられている……
それも構わない……さらにはっきりと聞こえてくる
あの魂の声が
この地上ではあれを守るすべがわたしにはなかった……
わたしは取り残されてゆく、さらに嬉しげな
あの声から、刻一刻と、
あの見透かされた秘密のなかで……

10

わたしは丘の世界へ戻ってきた、愛するこの松林に、
だが、懐かしい故国の風のひびきを
二度とおまえと聞くことはない、
そして一吹きごとに風のうちにわたしは砕ける……

11

燕が一羽飛んでゆく、夏を従えて、
わたしもまた、やがて飛び去るだろう……
けれどもわたしを引き裂く愛の
せめてもの証《あかし》となって束の間の淡い影は残れ
この地獄から安らぎの場所へわたしが着くときには……

12

幻滅の小枝は斧の下で

落ちながらわずかに嘆く、微風《そよかぜ》に
触れた木の葉よりもかすかに……
そして、あの優しい形を叩き落としたのは
激しい怒りだった、いまや戦《おのの》く
憐れみの声がわたしを擦り減らしてゆく……

13

夏はもはや熱狂をもたらさない、
春はその予兆を告げない、
傾いていってよいのだ、秋よ、
おまえの捩《よじ》れた栄光とともに。
そして欲望を脱ぎすてて、冬は
最も穏やかな季節を繰り広げてゆく！……

14

早くもわたしの骨のなかに

乾いた秋が罅割《ひびわ》れてきた、
けれども影に引き伸ばされてゆく、
痴呆の輝きが
無限に生き延びてゆく、
黄昏《たそがれ》の秘密の責苦が
奈落へ沈んでいった……

15

悔やむことなくいつまでも呼びつづけるのだろうか
わたしは死の床の疑惑の感覚を？
聞け、盲《めしい》たる者よ。《一つの魂は去った
万人に襲いかかってくる罰にも傷つけられずに……》

その清らかな命にあふれた叫び声が
聞こえなくなってしまえば
むしろ罪の恐れの戦きが心のなかでほぼ

消えてしまったことに打ちひしがれるのではないか?

16

窓ガラスに軋《きし》む幻覚にあの影は
テーブルクロスの反映を見つめている、
束の間の艶《つや》やかな油壺に甦《よみがえ》ってくる
ふくれあがった花壇の紫陽花《あじさい》、陶酔の岩燕、
熱風の雲につつまれた摩天楼、
木立ちの上には、跳びはねている一人の赤児……

尽きることなく砕ける波の音が
ついには部屋のなかにまで達してしまった
そして紺碧の水平線が不安のうちに
張りめぐらされ、四方の壁が消えていった……

17

やすらぐ気配はこの近くを通っているからか
おまえが言う、《この太陽と広い空間とが
あなたを宥《なだ》めるように。清らかな風のうちに
聞こえるはずだから、時の歩みとぼくの声とが。
自分のなかで少しずつくつろいでぼくは
あなたの希望の沈黙の飛翔を閉じこめてしまった。
あなたのためにあるのだ、暁と無垢の一日とは》

時は沈黙した

一九四〇—四五年

時は沈黙した

動かぬ葦の茂みのあいだで時は沈黙した……
岸辺を離れて一隻の小舟が漂っていた……
漕ぎ手は疲れ果て、力を失い……天空は
すでに靄《もや》の深みに落ちこんでいた……
追憶の縁に虚しくも身を伸ばして、
転落してゆくことはおそらく慈悲だった……

知らなかった

世界と精神とが同じ幻影であるとは、

神秘なおのれの波動のうちに
地上のあらゆる声が漂っているとは。

苦い調和

あるいは十月の真昼どき
妙なる丘の群れから
深い雲のただなかに降りてきた
双生神の天馬が、
その足もとには一人の赤児が
蹲《うずくま》って見とれていた、
いまこそ波間に浮かびあがってきた

（追憶の苦い調和は
バナナのかぐろい樹蔭と

巨《おお》きな塊となってさまよう
亀に向かい、漠とした無辺の
水のうちに亀は閉じこめられた、
星座の別の秩序の下で
見知らぬ鷗《かもめ》の群れのあいだで）

平野の果てまでの飛翔
そこでは砂をまさぐりながらあの児が、
落雷の炎に映し出され
逆風の雨に濡れて、
透き徹った愛《いと》しい指で
四つの要素をつかみ取った。

けれども死は色もなく意味もなく
そして、例によって、掟《おきて》を無視しながら、
早くもあの児へ近づいていた

あの穢《けが》れた歯を剝《む》きだしながら。

おまえは砕け散った

1

無数の、無慈悲な、飛び散った、灰色の小石は
息苦しい原初の炎の
秘密の投石器にまだ震えて
抑えがたい愛撫につぶされながら
無垢なる洪水の恐怖に震えて、
――めくるめく砂の上に強張《こわば》り
虚《うつ》ろな地平のなかにいた、おまえは思い出さないのか？
そして斜面はひらかれていった、谷間の

影の唯一のくつろぎのうちに、
南洋杉は、身を捩らせて喘《あえ》ぎつつ、
手に負えぬまま地獄に堕ちたものたちよりも
さらに孤独な力を振り絞って険しい岩のうちに傾き、
根の一部は切り離されながらも、
冷たい切り口に蝶は舞い草は揺れていた、
——手のひら三つほどの玉石の上に
完全なる均衡を保って
魔法のように現われた
沈黙した錯乱をおまえは覚えていないのか？

枝から枝へ軽やかに舞い飛ぶ小鳥よ、
貪婪な瞳は驚愕に酔いながらも
あの斑《まだら》な頂を征服していた、
向こうみずな、音楽の子供よ、
ただひたすらに底の底を

静かなる海の深みをまた見ようとして
藻のあいだにお伽噺《とぎばなし》の亀が
目覚めるのを見ようとして。

自然の果ての緊張
華麗なる水底《みなそこ》、
葬列の告知。

2

翼みたいに両腕をあげて
おまえは風に生まれ変わろうとしていた
重く動かぬ大気のなかを駆けめぐりながら。

誰ひとり見たものはいなかった
おまえの軽やかな足が踊りだすさまを。

3

仕合わせなる恩寵よ、
かくも強張って盲《めしい》た目のなかで
砕け散らざるをえなかっただろう
水晶の吐息にも似たおまえは、

不敬と呼ぶにはあまりにも人間的な閃《ひらめ》きだ、
森のなかを、荒れ狂い、唸り声をたてて
吼《ほ》えていった、露《あら》わな太陽が。

松の木との邂逅

一九四三年

松の木との邂逅

そして泡立ち酔い痴れた波間を黄昏《たそがれ》が
目映《まば》ゆいざわめきで縫い取っていたとき、
祖国にまた私は戻ってきた、
そして河口近くを歩むと
（時は移ろって翳《かげ》り、
蒼穹の弧から弧へ睫毛《まつげ》を
陰鬱に震わせていた）
哀願する最後の光の
炎に向かって虚空に身を捩って立つ松の木、
それこそは私の追憶を化そうとする者か、石に、
崩れかけながらも屈せずに背を伸ばしていた。

占領下ローマ

一九四三—四四年

足取りも狂って

通い慣れた道も
――操り人形みたいに足取りも狂って――
かつては魔法のように動いた道も
いくらわたしが走っても
いまではもう行手へ延びていかない、
どれほど時間をかけても
わたしの心が揺れるたびに、虚しい
証ばかりを露わにして、活気を呼び戻す
こちらを窺うたびに。

そして日暮れにガラス窓が震えるとき、
――だが家並にはもう活気がない――

習慣からたとえ、ついに足を止めても
せめてもと、求めた静けさにも裏切られ、
息をひそめた部屋から部屋の
用心深い暗がりのなかで
たとえその声がいかにやさしくとも
あたりに散らばった事物の一つとして、
わたしとともに老い果てて、
あるいはわたしの身に生じたいくつかの事件の
消え残った想像につながれて、
もはや不意に立ち帰ってきてわたしを取り巻き
わたしの心から言葉を紡ぎだしたりはしない。

差し伸べた両腕はこうして知ったのだ
——隠した涙に
溶けたこの目を、
不条理の耳を——

あのみすぼらしい希望を、
身を乗り出したミケランジェロをそれは覆して
閃光のなかに一切の空間を埋め尽くし
おのれを砕け散らす
力さえ、魂には許さなかった。

絶望の戦きを都のなかに
羽ばたかせていた、秘密の、種族、
ひそかに彼らが支えていたのは、たしかにあの空だ、
身をひきつらせて生き残った、あの丸い天蓋だけだ。

血脈のなかに

もうほとんど空《から》になった血脈のなかを
渇きだけがまだ駆けめぐっている、

石と凍《い》てついたわたしの骨のなかに、
魂のなかに、無言の悲しみが、
抑えがたい不正だけがある、これを溶かしてくれ、

言葉に表わせない暗黒
恐ろしい禁域のなかで、
いつ果てるとも知れぬ吠え声、あの悔恨から、
わたしを贖《あがな》ってくれ、そして憐れみ深い睫毛を
あなたの長い眠りから、揺り動かしてくれ、

不意に薔薇色に染まったあなたの兆《きざし》、
母なる英知よ、湧き起こってくれ
ふたたびわたしに訪れてくれ、
希望の果てに甦ってくれ、
信じがたい言葉、平和よ、

おのれを取り戻した風景のなかで、ふたたび
口ずさませてくれ、あの可憐な言葉を。

山上の死者たち

わたしに見えるものは少ししか残されていない
そして、永遠に、四月は
溶けない雲を引きずっている、
それなのに不意に輝きわたる、
蒼白いもの、遠い煙の上に
浮きあがった大競技場《コロッセーオ》、
周辺には真青な断崖をまわして
運命をもはや掻きたてても
乱しもしない。

遠くに不確かに
移ろいゆく幻影にも似て
幻滅の果てに
仄《ほの》かに白みながら、
数歩現われては
あの壁の下を行く者たち、
身の丈を失い
荒廃の高さを押し広げながら、
それは驚愕だった、もしも影に語ることができたならば。

あの奇妙な太鼓の
暗い谺に耳を傾けながら、
どのような意志の、焼けつく
願いで、わたしには答えられたか、
どれほどの願いが現われては尽きたか?
いや、遠い事件に身もだえしながら、

追憶のなかではまだ親しい
あの誇りが、わたしを宥めていた。
郷愁でも錯乱でもなかった、
ましてや不変の静寂の羨望では。

そしてあれは聖クレメンテ教会堂に入ったときのことだった、
マザッチョの受難の像からわたしを
迎えてくれたのは、風のように離れ出て
馬上の怒りをすでに無言の岩に変えたまま、
暴かれた墓の
蒼白い背後に目覚めて、
かろやかにたなびく雲の
山上の、死者たちが。

執拗な煙から立ちあがって
そのときだった、わたしが垣間見たのは

いまもなおあの希望が、わたしを照らしている。

あなたもまたわたしの川だ

1

宿命のテーヴェレ、あなたもまたわたしの川だ、
すでに夜が騒いで流れているからには、
そして執拗に
また辛うじて石から迸《ほとばし》り出るごとくに
仔羊たちの呻き声が増して
恐怖の街路をさまよっているからには。
いかなる悪か、死でさえ慰められない期待は、
悪のなかの悪か、
予測しがたい悪の期待

魂と足取りとをそれが巻きこんでゆく。
果てしないすすり泣き、喉を鳴らしてゆく。
不安な家と穴蔵とをそれが凍らせてゆく。
すでに夜は引き裂かれ流れているからには、
一瞬ごとに砕けては消える
あるいは攻撃を恐れる
届けられてきたたくさんの証が、半ばは神々しく、
至福の人類の昇天のなかに輝いている。
すでに覆され夜が流れているからには、
そして人間がどれほど苦しむものかを学んだからには、
いまや、奴隷となって世界が
奈落の苦しみを味わっているからには、
そして耐えがたい拷問が
死に至る怒りを兄弟のなかに解き放ったからには、
いまや敢えて、わたしの唇が、
罵りの言葉を吐き出したからには、

《悩める心の痛み、キリストよ、
なぜにあなたの善意は
かくも遠ざかってしまったのか？》

2

いまや仔羊たちは怯えて
散りぢりに消え、かつての
街路のあたりに、人影は絶え、
いまや一つの民が
引き離され移されたあとに、
流刑にもまさって
捩《ね》じ曲げられた不正を明らかにしたからには、
いまや溝のなかでは
歪められた想像で
恥知らずの手で
人間の顔立ちをしたものが

聖像を引き裂き、
そして憐れみの叫びが石に引きつっているからには、
いまや無垢なるものが
せめてもの訝を叫び、
最も固い心でさえ呻いているからには、
いまや他の一切の叫びは虚しいからには、
いまこそ悲しみの夜のなかにわたしは見る。

いまこそ悲しみの夜のなかにわたしは見る、
わたしは学ぶ、わたしは知る、
地上にひらかれた地獄を、
愚かにも人間が引きだしたもの、それが
あなたの情念の清らかな相貌をとった。

3

あなたの心のなかを傷つけた

苦しみの極限、それは
人間が地上に撒きちらしたもの、
それはあなたの心、虚しくはない愛の
魅せられた中心だ。

悩める心の痛み、キリストよ、
暗い肉体の奥に点《とも》った星よ、
永遠に人間的に
人間を造り変えるために
おのれをささげた兄よ、
聖者、苦しむ聖者よ、
わたしたちを弱き者と知る師、兄、神、
聖者、苦しむ聖者よ、
死者を死から解き放って
取り残された不幸な生者を支えよ、
もはやわたしだけの嘆きを嘆くまい、

そうだ、あなたを聖者と呼ぼう、
聖者、苦しむ聖者よ。

起こるのだろうか

いつも苦しみに身を乗りだして
死のきわにいる、
恐ろしい運命よ、
だが、酷《むご》いあなたの苦しみのなかで、
天の情けを願いつつ、
決して安らぐ余裕とてなく、
またもや見出すのだったあなたは
その淵源に、同じ希望に慰められた
至高の吐息のなかに、
人間がみな同一であることを、

ただ一人の、永遠の、息吹の子たちであることを。
一つ一つの自由の言葉で、あなたは惜しみなく
諭してきた、悲劇の祖国にとって
遠いその影像が
清らかな源《みなもと》をもつことを、
新しくて忘れがたい根であることを。

だが、いまは来てしまうのではないか
人間たちの心のなかで、吐き出された言葉の
豊饒に戻らぬときが、
そしてあなたが心のなかで
いかに耐えようとしても、もはや
より豊かな、より魅惑的な、祖国を
いかに身を焦がしても、見出しえぬときが?

二千年来あなたを人間が殺すたびに
絶えまなくあなたは甦ってきた
慎ましやかに万人の神の使いとして。

疲れた魂の祖国、
無辺の泉よ、あなたはもはや
輝かないのではないか？
夢、叫び声、砕かれた奇蹟、
人間の闇夜のなかの愛の種子、
希望、花、歌声、すべてが、いまは
起こるのだろうか、灰に埋《うず》もれるときが？

追憶

一九四二―四六年

貧しき者の天使

いまは暗い心の奥底までも
血と土の激しい憐れみが侵してくる、
いまは騒ぎ立つ胸の一つ一つを
不当な死者たちの沈黙が取り巻いてくる、

いまは目覚めよ、貧しき者の天使、
生き残った魂のやさしさ……

消しがたい幾星霜の身振りで
古き民の先へ立って降りてこい、
渦巻く影の真只中へ……

二度と叫ぶな(47)

死者たちを殺すのは止《や》めろ、
二度と叫ぶな、わめき叫ぶな
彼らの声をなおも聞きたければ、
滅びぬことを願うならば。

彼らの囁きはほとんど聞こえない、
もはや物音をたてない
生い茂る夏草ほどにも、
人の通わぬあたりに戦《そよ》いでいたのに。

追憶

追憶、無用な無限、それは
ただ切れぎれに集められて、果てしない鳴動の
真只中で、触れられぬ海に向かうもの……

海よ、海は
自由な広がりの声、
ただ追憶のなかで逆らっている無知、
たちまちに消えてしまう
忠実な思い出の足跡……

海よ、その懶惰《らんだ》な甘言は
どれほど残酷で、どれほど待たれていることか、
そして断末魔には、

つねに現われて、つねに甦り、
目敏《めざと》い思い出のなかで苦しむもの……

追憶、それは
虚しくも注ぎこまれてゆく
砂、たとえ揺れても
砂の上に跡は残らない、
そして消えていった
短い谺、声もなく別れた
谺、束の間は仕合わせだったが……

地上

利鎌《とがま》の上に宿りもしたであろう
一粒の光が、そして轟音は

洞窟から跳ね返ってきて少しずつ
消えていったであろう、そして凪は
別の潮騒で目を赤く腫らしたであろう……

沈んだ龍骨を動かしてあなたは
湖に谺を軋ませたであろう、あるいは
苛立ち騒ぐ鷗が、獲物を
逃がしては、鏡を啄《ついば》んだか……

昼も夜も穀物にあふれた
両手を差しだして、
ティレニア海の祖先の
描いた海豚《いるか》を秘密の壁の上に
あなたは見たであろう、それから
船の背後に、その躍りあがるさまを、
そしてあなたの地上に休みはない

発明家たちの灰はまだ積もっている。
まどろみながらも注意深く、
オリーヴの葉のさやぎに、いつでも
蝶の群れは目覚めたであろう、
いつまでも死者たちを見守るあなたは、
不在の者たちの入りこんでくる不眠、
灰の力――影はみな
銀色のきらめく彼方に。

風は梢を渡りつづけるだろう、
棕櫚《しゅろ》の葉から樅《もみ》の枝へと、いつまでも
荒れ果てた音をたて、死者たちの
声なき叫び声はさらに谺して。

第四詩集『約束の地(48)』（一九三五—五三年）

ジュゼッペ・デ・ロベルティスに

カンツォーネ

詩人の魂の状態を描いて

露《あら》わな、秘密に飽きた両腕が、
泳ぎながら忘却《レーテー》の川底を拓《ひら》いていった、
ゆるやかに溶かしていった、激しい恩寵と
かつては光が世界であったところの疲労とを。

あの奇妙な道にまさる沈黙はない
ここには木の葉は生まれず散りもせず冬も去らない、
ここには苦しみの種も喜びの種もない、
ここには目覚めもなく、眠りに代わるときも決してない。

そしてすべては身を投げだしてしまった、透明のなかに、

信じきった時間のなかで、そのとき、疲れた
静寂が、掘り起こされた樹相によって
目標の距離をさらに拡げて、
虹色の谺《こだま》のうちに消えてゆきながら、愛を
流れる風の川床に驚き戦《おのの》かせ
闇を薔薇色に染めていった、そしてあの彩《いろどり》のなかで、
あらゆる命にも優って描いてみせた、眠りが、一筋の虹を。

触れることも叶わぬのに殖えてゆく壁また壁の
俘囚、刻一刻と継承されてゆく永遠、
ますます拒まれてしまう、根源の映像、
だが、ときおり閃《ひらめ》いて、氷を割り、回復されるもの。

ますます逃げてゆく真実、まつわりつく目標、
そして美しくあれ、さらに露わな静寂に触れよ
そして芽生えた、怒り、かすかな素白の思念、

束の間の骸《むくろ》のなかで戦き、それが無に逆らう。

岸辺を予感させ、棕櫚《しゅろ》の木を急《せ》かせる、
それが溜息をつけば、迷宮の指はほどける。

酷《むご》い刃《やいば》で一瞬を切り裂くのだ、
煌《きら》めく刃で、獄舎という獄舎を、　略奪せよ、
鈍い刃で魂を抉《えぐ》り出すのだ、
そこから決してわたしは目を離さないだろう
たとえ、露わな深淵に戦きつつ、
憧れによってしか形象が知られなくとも。

たとえまた、冒険の炎に燃えて、
苦悩から渇望へと一瞬一瞬が戻ってきて、
イタケーの逃げてゆく壁を踏み越えようとも、
わたしは知っている、夜明けの最後の変貌を、

いまでは知っている、人間の賢《さか》しげな手の
握った糸が、その一瞬に断ち切られるのを。

この道にまさる新しいものはない
ここでは空間が崩れていった例《ためし》はない
光によっても、闇によっても、また別の時においても。

噂を聞くうちに
親しくなった
死者について

死が薄れてゆく
沈黙したわたしたちの視線から
そしてわたしたちの激しい痛みが
一瞬やわらいで、

静かな部屋にまた現われた
あなたの仕合わせな風貌。

ああ曲がりくねった美だ、四月は、
そして若き歳月の栄光の手を
あなたは引いてくる
あなたの従順さで、
さらに酸っぱく憂愁が招くあたりへ。

またしても
夢見る額に、
親しい事物のあいだに、
あなたの見つけた思念が
心を溶かしてゆく、
だが、愛《いと》しげに、あなたの言葉は
早くも甦《よみがえ》らせてゆく、

さらに深く、
束の間の苦痛のまどろみを。
あなたを愛した者は、虚しくも
追憶のなかでのみあなたを
愛して、いまは罰せられている。

ディードー(49)の心のうちを描いたコロス

I

影が薄れてゆく、

遠ざかる歳月のなかで、

そのころには苦しみはもう胸を引き裂かなかった、

そのときには、聞くがいい、あどけない
胸は憧れにふくらみ
驚いて見張ったあなたの瞳は
性急な四月の炎を払い落とした
馥郁たる頬から。

嘲り、つきまとう亡霊、
それが時間を無へと帰せしめ
いつまでもその怒りを刻んでゆく、

蝕まれた心よ、消えてゆけ！

それにしても、眠りを誘《いざな》う沈黙の
争いよ、歳月から夜が消し去れるであろうか？

II

夕暮れが引き延ばされてゆく
あたりを包む炎のなかで
そして少しずつ草原《くさはら》に戦きが走って
果てしなく宿命につながれてゆくかにみえる。

そのとき不意に月影のごとくに生まれでた
冴が、そして流れの戦慄に溶けていった。

いずれが後まで生き残ったであろうか、
酔った岸辺にまで達した囁きか
それともやさしく黙った用心深い女か。

III

いまや風は落ちて沈黙した

そして海も沈黙した、
すべてが黙りこんだ、けれどもわたしは叫んでいる
独りきりで、わたしの心の叫びを、
愛の叫びを、燃えあがる心の
屈辱の叫びを、あなたを見つめたときから
あなたに見つめられたときから
わたしはか弱い一つの物体にすぎない。

叫ぶたびに心は燃えあがる休みなく
もはや見棄てられた
崩れゆく事物にすぎなくなったときから。

IV

わたしの心のうちには黒ぐろと砕かれたものばかりがある、
昼なお暗い密林、沼地に漂い
もつれあう煙霧、そこには

眠りのなかで、生まれなかったことを
願いつつ、欲望が錯乱する。

V

まだ馴れてはいないが、瞳は
あまりにも性急にその苛立ちをつのらせ、
眠りとともに不安はわたしたちを運んできた、
それにしてもこれ以外のいったいどこへ？
こうして色づき香りを放ちはじめた
あの初なりの果実が、
やさしい知恵をしぼって
驚きのうちに光のなかでほころびながら、
まことの果汁だけを、後になって
差しだした、すでに通夜に疲れきったわたしたちに。

VI

秘蹟はあらゆるその迷妄を失った、
生きながらえたいつもの栄冠、
そして、変貌したおのれのうちに、
悔恨の憎しみが雫となって滴る。

VII

暗闇をついて、黙って、
あなたは歩いてゆく、一粒の麦も実らぬ畑のなかを、
誇らしげなあなたの脇にもはや寄り添う者を望みはしない。

VIII

わたしの顔からあなたの顔へあなたの秘密は移ってゆく、
あなたのやさしい目鼻立ちをわたしの顔が準《なぞら》えてゆく、
わたしたちの瞳はもはや何ものもたたえていない
そして束の間の愛は、打ちひしがれて、
立ち去りかねた白帆のなかにいつまでも震えている。

IX

もはやわたしを引きつけはしない、さすらう
海の光景も、ここかしこの木の葉の上で
青ざめて引き裂かれる暁の光も。
もはやあの岩と比べもしない、
瞳に焼きつく昔の夜を。

何の役に立とうか思い出の姿が
わたしのなかで忘れられてしまっては？

X

鈴懸の声があなたには聞こえないのか、
不意に枝を離れて川ぞいの舗石の上へ
舞い落ちてゆく木の葉の声が聞こえないのか、

わたしの転落を美しく飾ってみよう、今夜は。
枯葉の群れが染まってゆくだろう
薔薇色の輝きに。

XI

そして落着く気配もなく
何しろわたしたちの心の奥の炎に一片の
雲の遁走を空間は許していたので、
互いに温めあい
わたしたちの素直な魂は
双子となって目を覚ました、もう駆けている。

XII

嵐のなかでひらかれていた、闇の奥に、一つの港が
そこならば安全だと人は言った。

星屑をちりばめた入江
その空は変わらぬものと見えた、
だがいまは、何と変わってしまったことか！

XIII

あの魅惑の尖塔から降りてきて、
ふたたび立ちあがらねばならないとしたら
あの愛は、素知らぬ顔で数えたてるであろう
あの数えきれない棘《とげ》を、愛は
移りゆく時の茨のなかにおのれを撒《ま》きちらしながら。

XIV

あの光に耐えようとして、
あなたの眼差《まなざし》は、強欲で
獰猛なあの瞳にうろたえて
かつては顰《ひそ》められたが、もはや、もはや二度と

あなたの上に、あの瞳が、置かれることはないであろう。
　あなたがいつも崇《あが》めてきたあの傲慢な
異郷の男に耐えようとして、
過って虚しくも訴えかけながら
宿命を非難するであろう
すでに濁ってしまった、乾いた、あなたの瞳は。
けれども恩寵は何一つ見出されないであろう、
一筋の光を、あるいは一粒の
涙を迸《ほとばし》らせることもできずに、
濁ってしまった、乾いた、あなたの瞳は、

——濁ってしまった、光も失せて。

XV

おのれの過ちしか見出せないであろう、見棄てられた女よ、

もはや眠りの敷居へと導いてゆく
一条の、地を這う、煙さえなく。

XVI

緑の葉蔭から影は流れ出ないであろう
あなたが薔薇色の罠であったころのようには
そして夜が戻ってきて身を横たえ
溜息をつきながら牧場《まきば》を朧《おぼろ》にしてゆき、
最初の金色《こんじき》に染まりながらあなたがためらいがちに、
ひそかに、帯を解いて夢うつつに落ちこんだころのようには。

XVII

黄昏《たそがれ》の奥から引きだすであろうあなたは
果てしない一つの翼を。

最も逃げ足の早いその羽で

漠とした縞を翳《かげ》らせながら、
果てしない砂塵を
おそらく巻きあげるであろう。

XVIII

怒りは畑に麦の穂を逆立てた、
そして都市は、ほどなくして、
その瓦礫さえも失った。

灰色の鷺だけが歩きまわっている
沼と茂みのあいだを、
巣のそばで怯えて鳴き声をたてる
貪欲な雛鳥たちの糞のまわりに、
烏が一羽見えただけでも。

耐えがたい臭いのなかを拡がってゆく

いまはあなたに残された名声だけが、
そしてあなたには身の証《あかし》をたてるものとてない
無惨に痺《しび》れた形のほかには、
そしてあなたの苦しげな叫び声を
聞くたびに、わたしはあなたを見つめる。

XIX

あまりにも高い誇りをあなたは残して去った、恐怖のうちに
荒れ果てた過誤のうちに。

パリヌールス(50)の詠唱

荒れ狂う嵐の真只中に
いつしか眠りが近づいていたとは。
逆巻く波間に流れでた油、

安らぎのうちに開かれた麦畑、
無限に溢《あふ》れでた偽りの表象、それが
死すべきわたしの項《うなじ》を打ちのめした。

　転落した肉体の死すべき定めよ、わたしは
不確かな怒りの夢にまで降りていった、
その深みには表象の霧が立ちこめ、
抜け目のない忘却よ、声を失った眠りが、
遠い谺とぶつかりあう安らぎが、
衰えてゆく波とわずかに調和していた。

　波は休戦に応じようとせず、
感覚の休止を安らぎと信じるほどまでには、
死すべき者のごとく激しく狂わなかった。
そして新たなる怒りが逆巻いたとき、
わたしにはもうわからなかった、嵐なのか、眠りなのか、荒廃の表象へとわたしを苛《さいな》んでいたものが。

そのとき鳥占いの片目が表象の謎を解き
星空を映して波間のわたしに火を放った、
無垢の業《わざ》によって、天使が眠りのなかに現われた、
科学をめぐって、死すべき者の不安はつのった、
口づけされても、心のなかに苦しみの虫がまだ巣喰っていた。
もはや疑いもなく、安らぎもなく、わたしは倒れていった。

こうして永遠に安らぎはわたしから逃げていった、
勇敢な忠実さで崩れ落ちていった、絶望の
表象へ向かって、あらゆる怒りの餌食、
冷たい波の動きに揺られながら少しずつ、
死すべき者の苛立ちはふくれていった、
大波よりも荒れ狂い、激しく眠りに挑みながら。

立ちあがろうとすればするほど眠りにつながれて、
安らぎに打ち砕かれた船体の背後には
死すべき者への残忍さが目につきまとっていた、
表象を見失った敗残の水先案内人よ、
虚しくもそれを取り戻そうと波を押し分けたが、
すでに怒りは血脈のなかで石と化していた。

深まってゆく最後の神秘の眠り
そして波よりも深い安らぎの表象の彼方で、
わが身は死すべき者にあらざる怒りと化した。

無の変奏

あの無の砂の粒が流れて
物言わぬ砂時計に積もってゆく、

そして、逃げてゆく、肌の上の刻印、
死にゆく肌の上を、雲の影が……

やがて一つの手が砂時計を逆さまにして、
また動きはじめる、砂の粒、
束の間の夜明けの鉛色のなかで
銀色の沈黙と化してゆく雲の影……

暗がりであの手が砂時計をさぐった、
そして、砂の粒とともに、流れ落ちてゆく無の影
静かに、いまや聞こえてくる唯一つのもの、
聞こえてきて、闇のなかを立ち去らぬもの。

詩人の秘密

夜だけがわたしの道連れだ。
彼女とならばいつまでも過ごせるだろう、
一瞬一瞬、虚しくならない時を。
それにしてもあの脈搏を伝えてくる時は
倦《う》むことなく、わたしを喜ばせてくれる。

それで思わず感じてしまうのだ、
またもや影から引き離され
変わることのない希望が
わたしのうちに新たな火を掻きたて
あのように不死のものと思われた
あなたの地上の身振りとなり
沈黙のなかに形づくられてゆくとき、
光を。

フィナーレ

もはや吼《ほ》えもしない、囁きもしない海、
海よ。
夢もなく、色褪《いろあ》せてしまった畑の海、
海よ。
憐れみさえ催してくる海、
海よ。
光も失せて動かぬ雲となった海、
海よ。
悲しい霧の床に屈してしまった海、

海よ。
見よ、いまはもう死んでしまった海、
海よ。

第五詩集『叫び声と風景』[51]（一九三九—五二年）

ジャン・ポーランに

独白(52)

虚空を伝って、樹皮の下には、
早くも命の気配が甦《よみがえ》る、
解《ほど》けては、錯乱する芽生え。
深い眠りを冬は、掻き乱されて、
その証《あかし》を与えた
二月は目前と、思いは乱れて、
もはや、秘密のうちに、荒廃はない。
聖書に記された天災のごとくに、
この光景のなかで、帷《とばり》があがってゆく
岸辺にそって、あの瞬間から
人びとはまた住みつこうとする。
ときおり、にわかに

塔が建ち並んで、
ふたたび、アララット山を求めて、錨をあげた
方舟《はこぶね》は孤独のうちに、漂いつづける、
壁職人は鳩小舎に登った。
茨の根方では氷が溶けてゆく
マレンマのあたりで
そして
そこかしこに広がってゆく、
巣ごもりした小鳥たちの
鳴き声が、雛の囁きが。
フォッジャから自動車は
ルチェーラに疾走する
ライトを照らして小屋の
仔牛たちを不安がらせながら。
コルシカ島の山奥の、ヴィヴァーリオでは、
火を囲んで人びとが通夜をする

部屋の石油ランプの下に閉じ籠って
あたりを取り巻く白い髭
杖の上に置かれた両手、
ゆっくりとパイプを嚙みながら
オルサントーネの歌声に聞きいっている、
若きギュヴァンニの
歯のあいだに震える
伴奏の囁き、

あの人の命はかくも嬉しく
わたしの命はかくも惨めに。

外では足音がしげくなって
叫び声さえ混ざり、屠殺所へ引かれてゆく
豚の群れの、喉を搔き切られる声、
明日からは謝肉祭だ、

そして動かぬ風のなかで雪はさらに降り積む。
小さな教区をもう三つも後にして
階段状に築かれた斜面の上に
赤い瓦屋根が見える
新たに建てられた家々だ
そして、
板に覆われた、古い家並は濁った
暁のなかでほとんど見えない、
ヴィッザヴォーナの
馥郁たる森を横切るときに
車窓に見えたのはただ
落葉松《からまつ》の幹ばかり、
そして切れぎれに、
そして
東方から山脈を越えていけば、
運転手の声までうねりだす、

スリーア、ウンブリーア、ウンブリーア、

声は途絶えずに、繰り返され
そして、東方も西方も、山また山、
山並は縺《もつ》れに縺れて、さらに険しく、
禁域が広がってゆく、
憂鬱もまた尽きないのではないか？
そして、

標高千メートルを
越えたとき、尾根に穿《うが》たれた
道のなかへ車が入ってゆく、
狭く、凍りついた、
崖に突きだした道。
空はサフラン色の空
そしてあの輝く色は

この季節にだけ現われる
二月の色、
希望の色だ。
下り、下って、ついには
アヤッチョにまで届く、あの空、
痺《しび》れたようなあの色は、寒さのせいではない、
秘密の色だ。
下り、下って、あの
空は、ついには暗い海を取り巻き
奥深くでむせび泣く
途絶えることのない吼《ほ》え声、
そして姿を見せた海神ネプトゥーヌス
ペルナンブーコに接岸する
そして、
揺れる小舟や
ためらう艀《はしけ》のあいだで

滑らかな水面《みなも》に、
狭い港がひらかれてゆく、黒ぐろと、
端正な町の姿が行手をさえぎった。
至るところに、舷梯にも、
ひしめく街路にも、
市街電車のステップにも、
もはや踊らぬものはない、
事物にせよ、家畜にせよ、人びとにせよ、
昼も夜も、そして夜も
昼も、謝肉祭であるがゆえに。
だが踊るのは夜がよい、
何しろ、暗闇の喧噪のなかで、
燈火《ともしび》と花々が狂いまわれば、
夜の共犯者たちは、
囁き声を広げてゆくから、
天と地のあいだに霰《あられ》が降りしきり

鉛色に海辺を濁らせてゆくから。
息苦しいまでの暑さだ、
赤道はすぐそこにある。
ヨーロッパから来た男は少なからず苦しんだ
逆さまの季節に慣れるのに、
そして、かつてなく、おのれの血を
混ぜ合わせていった。
思えば、二月は接木《つぎき》のときではないか？
そしてさらに苦しんだのは
彼の血だ、混ざりあいながら
呪われた軛《くびき》のなかで
人間の魂を労働の鎖につないでいったから。
だが、南の大地に来て、
ついに付ける日が来た、
七月の土用の盛りに、
思いもかけずにおのれの仮面を。

もはや惑わすことを止《や》めないであろう
この偽りの二月は
そして、
汗と悪臭とにまみれながら
人はみな驚喜して踊りつづける
休みなく、嗄《しゃが》れた声で、
憑《つ》かれた歌を唄いながら、

イロニーア、イロニーア
言っていたのはそれだけだった。

思い出に耽るのは年老いた証拠だ、
それなのに今日わたしは思い出してしまった
生きながらえてきた地上の数々の刻印を、
それらはみな二月に起こった、
それゆえに二月には、他のいかなる季節よりもわたしは事件に目を見張っている。
おのれの命よりも深くこの月に
わたしは結びつけられている、誕生と
そして告別を介して。
だが、それについて、いまは語るまい。
そしてわたしもまたこの月に生を享《う》けた。
どしゃ降りの、荒れ模様だった
その夜は、エジプトのアレクサンドリアは、
そしてシーア派の回教徒たちは
祭りをそのなかで進めていた
魔除けの月に祈りながら、
一人の幼児《おさなご》が白馬にまたがって駆けてゆく
そのまわりには群衆が、
予兆の輪をせばめてゆく。
アダムとイヴが思い出された
この世の宿命のなかで、痴呆と化したまま。

いまこそ耳を澄ませて
予言を下すときだ、
集まってきたアラブの女たちの一人が、いきなり、
岩を叩いて火花を散らして、指さしてみせる、
口もとに泡を吹いて、言ってみせる、

救世主は、まだ御影石に閉じこめられて、
恐ろしげに両腕だけを見せている。

だが、ルッカから来たわたしの母親は、
その声を聞いて笑いだした
そして一つの諺《ことわざ》を言ってみせる、

二月に小道が駆けだせば、
舗石に酒と油が溢《あふ》れでる。

詩人よ、詩人たちよ、わたしたちはみな
いまこそ仮面を付けてしまった、
けれども人間はおのれの肉体でしかない。
鋭い苛立ちのなかで
あの虚空のなかでおのずから
二月が、毎年めぐってくる
暦のなかにおのれの姿を定めながら。
処女マリーアの日に
暗がりに仄《ほの》かに点《とも》った
ゆらめく小さな炎、
その輝きは
清らかな蠟《ろう》の肌、
そして数週間後には、
汝は塵《ちり》であり塵にかえれ、と唱える日が来る。
虚空のなかを、そこを抜けだしたい苛立たしさとともに、
わたしたち老人も含めて、

人はみな嘆きつづける、
そして何一つ手がかりも得られずに
どれだけの幻滅を扼殺して
嘆きばかりを糧に生きることか。
苛立たしげに、虚空のなかを、人はみなあこがれ、
虚しくも、苦しみ、
夢想のなかにおのれを生き返らせようとするが、
それもまた虚しいであろう、
そして失望落胆のうちに、
あまりにもあわただしく偽りのなかを移ろってゆく
時、それは諭すにも似ている。
幼児《おさなご》たちにだけは夢が許されるであろう、
輝きの恩寵に浴しているから
あらゆる腐敗から立ち直れるから、内なる声に
甦って、一吹きの風にも姿を変えられるから。
それにしてもなぜ、幼き日は

たちまち追憶と化してしまうのか？
この地上には、ほかにはないのだ、ほかには何もないのだ
真実の仄かな光のほかには、
そして無と塵のほかには、
たとえ狂乱の果てに、
真昼の幻影に立ち会おうとも
心のうちに、そして身振りのうちに、
生き延びてゆく絶えざるものがあろうとも。

おまえは叫んでいた、苦しいと……(53)

眠れなかった、眠れるはずもなかった……
おまえは叫んでいた、苦しいと……
もう骨のなかに消えつつあったおまえの顔のなかで、
瞳は、ほんの少しまえまで、

まだ輝いていた、
大きく見ひらかれたまま……消えてしまった……
　いつもわたしは臆病だった、
逆らっては、混乱していたが、清らかに解き放たれて、
いまでは仕合わせに、おまえの瞳のなかに生き返った……
　それから口が、口もとが、
かつては、いつの日も喜びと
恩寵の光と見えた
あの口もとが歪み、無言の闘いのなかで……
　幼児《おさなご》は死んでいった……

　九つの歳月の、輪は閉ざされた、
九つの歳月に、一日も一分も、
何一つ加えられないであろう。
その歳月のなかに培われた
唯一の火、それはわたしの希望だ。

おまえを探すことも、探しだすことも、
瞬時も目を放さずに、おまえが
成長するのを見つめることも、いまでは出来る
おまえの九つの歳月の
一瞬一瞬だけならば。

わたしには出来る、いまでも
断固として出来る
この手のなかでおまえの手を感じることが。
幼いおまえの手、それは
もはや意識もなくわたしの手を握っている、
おまえの手、それはかぼそくなったが、
ますます強く感じられる
この手のなかで失われてゆくその感覚。
おまえの手、それは乾いていって
そして、ただ――青ざめきって――

ただ影のなかにたゆたっている……
　先週までは、花の香りの少年だったのに……
それから閉じこめられるだろうおまえは、柩《ひつぎ》のなかに
永遠に。いや、永遠に
　おまえの服を取りに家へ行く、
おまえはわたしの心のなかに生きて、解き放たれる。
　いまやわたしの心は解き放たれる
おまえの微笑《ほほえ》みが生きていたことさえ気づかぬほどに。
　もっとわたしの心に、力を与えてくれ、
おまえさえよければ——どうか、おまえのところまで！——わたしを引きあげてくれ
生きることが静けさであり、死のないところまで。
　生きながらえて、わたしは贖《あがな》っている、
おまえから奪ってゆく歳月の恐怖を、

そしておまえの歳月に加えている、
痴呆の悔恨を、
わたしたち死すべき者のなかに、なおも
おまえが育ちゆくことを願って。
　だが、育つのは、虚空ばかりだ、
憎むべきは老いてゆくわたしの歳月……

　いまと同じように、夜更けのことだった、
おまえはわたしに手を差し伸べた、かぼそいその手を……
怯えながらわたしはわれとわが身に耳を澄ませた、
この南国の空はあまりにも青黒い、
あまりにも星屑がひしめいている、
あまりにも、それなのに、わたしたちに親しいものは一つとてない……

　（空は無言のまま、吐息さえたてずに降りてくる、
その無言のうちに、絶えまなく聞こえてくるだろう

払いのけようとして差し伸べられた手を押しつけてくる物音を……）

気晴らし(54)

1

先日の朝、驚きのあまりにわたしの指先は止まってしまった、かつて「ガッゼッタ・デル・ポーポロ」紙に掲載した古い原稿の切抜きをめくっていたときのことだ。わたしの目は〈春〉を描写した一文に引き寄せられていた。限りなく美しい季節。だが、残酷な形をとって現われる。行間を心で追い返しながら、主題をめぐって瞑想していた。たしかに、一つの気晴らしだった、それは。そしてまだその思いに囚われていたとき、白昼夢のなかで、自転車に乗った少年たちの列が、すでにハーグにあって、王宮の方《かた》へと走り去りつつあったが、わたしは息をひそめて待ち構えた、オランダに夜の帷がまた降りてくることを。そして、静けさのなかで、あわただしげに、あの物音をまた耳にした。

飛んでいた

一九三三年三月、アムステルダム

砂丘の上に鴫《しぎ》の群れが
飛んでいた、ガラスのような、あの日暮れは、
金属質に映えて壊れてしまった、
緑や青や紫の閃光のなかで。
鴫の群れよ、ここへ降りてこい、
このあいだは、サルデーニャで冬を過ごした。
歩いている姿が見えなくても、鳴き声は聞こえる、
探しまわって虫を見つければ、
もう暗いので、迷わぬように、叫び声をたてる。
早く帰れ巣へ、明日の夜明けには、
空《から》になってしまっているだろう、

そして半ダースのかわいい卵は
悪戯《いたずら》な子供たちに見つけられてしまった（「静かに！」「そっと！」）
自転車でウィルヘルマインに運ばれてゆく、
〈春〉が来た。

後ろには

一九三三年三月、アムステルダム

貧しい家並の後ろには小さな港がある
繋がれた艀《はしけ》はいつでも滑りだすだろう
細長い鏡のなかを、
そして帆舟は、巨大な蝶か、
草原《くさはら》をかすめて飛び去った、家並の後ろを、
人びとが通って行く、もつれあう柳の枝で編んだ、
網の目が簗《やな》のなかにほころびた、行け……

2

桜んぼは、よく言われることだが、桜んぼを呼ぶ。追憶のなかで――追憶と白昼夢のなかで――二つめの〈春〉が駆けつけてきた。

それはラヴェンナでのことであり、去る三月も終わりのころだった。ガッラ・プラチーディアの霊廟では、絶望的なまでに濃い青さが、炎の芯の灼熱を通り抜け、溶けて、光の粒になっていた。外では、あの青さが褪《あ》せて、瑠璃色の空となり、白んで、透き徹って、染みのない永遠のなかでのように、渇ききって、耐えがたくなっていたが、それを宥《なだ》めるには危険を冒して、他愛《たわい》もない一片の雲を、やさしく置いてやらねばならなかった。あの青さは壊れてしまうかもしれない、苛立たしげに、すでに姿をのぞかせかけていた、水盤に身を映せば、草の上に、きらめきながら。あるいはテオドリック帝の墳墓のなかで、壁を粘つかせながら、腐った追憶となって、何よりも虚しい、空の青さの追憶となって、青緑色に淀みながら。あるいはまた、時に応じて、青さの不在ゆえに湧き立つ霧となって、青さの不在ゆえに喪失を深めながら、死んだ瞳の色の水盤となって、鉛色に光りながら。あたりにはあるのであろう、この移りゆく青さの到達しえぬ美しさが。けれども、愛が若者たちのあいだに湧き起こるときには、自分たち以外のすべてに無関心だ、それも無理はない。人が青さに気づくのは――たしかに――愛が憂鬱でしかないときだ、どこを見ても憂鬱しか見当たらないときだ。

ああ、わたしは忘れかけていたが、鳩はここでは、ひたすら若い小鳩であることだけを願っている。移りゆく色彩と武勲のなかで、それらはモザイクの石片のなかに震えている。あるいは、畑のなかを、石だたみの上を、走りまわっている。それらは本当の生き物、まさに命ある生き物だ――あなた方を驚かすであろうか？――言葉の正確な意味での鳥類学においてさえ――すべての生き物が妬ましい体のなかで似通っているように――わたしにはそれらは人間と同じに見えてしまう、たとえ空想的と言われようとも。

跳びはねている

一九五二年三月、ラヴェンナ

あの小さな足取りで跳びはねているが
清らかに目を見張ることはないであろう、
たしかにあれはみな小鳩だ。あの青さが
(黄金や鉛丹から脱けだして、
草の上にとまり、たゆたう
蝸牛《かたつむり》の足跡みたいに、
紫色を追いたてては、引き伸ばしてゆく)
独りぼっちで熱中したり、
這いまわり、探し歩いて、暗く言い張っても、
思いとどまらせることはできるであろう
首を寄せて告白しあう彼らの狂気を。

3

それから立ち止まって、わたしはのぞきこんだ、『プレイアード』すなわち、近年、フィリッポ・マリーア・ポンターニのすぐれた校訂によって、ローマで出版された古代ギリシア詞華集を。そして、さしたる意図もなく、わたしの詩句に符合する韻律でもないかと思いつつ詩篇をめくった。その結果、わたしは気づいた、第七音節を最も強調して他のアクセントを第一、第四、第十の各節におく十一音節および八音節から成る一連が、ひときわ荘重なリズムを展開してゆくことに。この韻律がわたしの耳に入りこんで離れなくなってしまった。そしてついにはどうしても果たさねばならぬものとして、詩心はつぎに記すような詩句を吐きださせてしまったのである。たしかに韻律の技法はある。だが、それだけではない。それよりも強く、わたしが思い出してしまうのは、人間にとって肉体が仮のものにすぎないという尺度だ。肉体が道具であるという避けがたい尺度、この道具によって人間は不滅の現実をつくり出すのだ。だが、そういう人間の肉体に決定的に宿命が繋ぎ止められ、またそこに刻印される時間によって、肉体は無へと帰してゆく。そして老人にとっても、亀裂の瞬間はやはり恐ろしいものなのだ。たとえすでに肉体から充分に切り離され、重荷のように肉体を感

じてはいても。たとえまた、重荷を解き放たれることを夢見て、肉体の最後の休息を
ひたすら願いつつ魂が、無限の軽さと合体することを夢見てはいても。

韻律の習作

一九五二年七月十五日、ローマ

なぜにおのれの内に聞き取ることを恐れるのか、
もはや幻想は振り捨てよ、刻々と
侵してくる大地のあの
予兆を？　おまえの揺り籠は埋葬の
幻影にすぎなかった、そしておまえが信じていたのは、
ほんの戯れ、炎に飛びこむ羽虫に似たものだった。
地滑りの衝撃、ついに
宿命の相貌をとった永遠、たとえ、早くも
異臭を放って、恐ろしげに

愚かに逆らう下腹はあっても、おまえの脱け殻は、
早くも、奇妙な流罪のなかで、飛び散るであろう
眠りのなかで、たしかに、汚れることもなしに。

意味を追って(55)

ここアマゾンの流域には至るところに、
アンジーコの花が咲き乱れ、すでにサピンドの
根も見え隠れする、
グアラニー族の供物よ。
そして、稀には、あちこちに、
ゴムの木が固まって生えている、
待ち焦がれた樹蔭の休息よ
真直に高く伸びた幹、
蛇の皮にも似た樹皮よ、

いずれもカンベッバ族の宝だ。
遠くからもそれらは見える
めくるめく灼熱の光が落ちてきても
そして懶《ものう》さに繋がれてはいても
そして目に見えぬほど小さな飢えた
無数の虻《あぶ》を追いながら、
生い茂った三つ葉のあいだに、
輝きながら、たちまちに青々と
地面まで震わせながら、
円天井や部屋が現われ出ても。
そこにはおまえのためのハンモックが一つ揺れている。
幹を傷つけ、その樹液でインディオたちは
風笛《ふうてき》や革袋の縫い目を貼りつける。
宴《うたげ》の席で使うのだ、
十八世紀にはポルトガル人たちが
面白おかしく名づけた、

その粘りつく植物をセリングェイラと、
そしてその成分を
頑迷な言葉で
セリンガと呼んだ、
それを摘む人を名づけて、セリングェイロ、
不穏な茂みを名づけて、セリンガル、
それはもう薬草を呼ぶ音でしかない。

第六詩集『老人の手帳(56)』

（一九五二—六〇年）

約束の地を求めて
最後のコロス

一九五二―六〇年、ローマ

1

今日という日に膠着した
過去の日々よ
またやがて来るであろう日々よ。

幾歳にもわたり、幾世紀にも沿って
一瞬一瞬に、わたしたちがまだ生きていたことを
知ったときの驚き、
いつもと同じように相変わらず流れつづける命、

思いがけない贈物と苦痛よ
絶えまない渦巻のなかで
虚しくもそれは姿を変えてゆく。

わたしたちの運命として定められていた
この旅をわたしは辿ってゆく、
一閃のうちに
掘り起こしては、つくりあげ
またもや転落してゆく時よ、
かつてあった、いまもある、そしてやがて来るであろう
時にも似て、わたしは亡命者だ。

2

日々の柄穴《ほぞあな》に一日を嵌《は》めこもうとして
なおもしきりにおのれを取り戻しかけながら
わたしはあの一瞬を選んでしまう、

永遠にそれはわたしの魂に立ち帰ってくるであろう。

人も、事物も、はたまた事件も、
常ならぬ場所も、稀でなくはない場所も
かつては呼び覚ました、あの錯乱を、苦痛を、
あるいは束の間の忘我を、
あるいはまた固い愛情を、
それらはみな、変わらぬものとなった。

それにしても脈打つ欲望の
極みだけを与えることに留《とど》まった
影の群れ、虚空を、増大させながら
ひたすら恐怖をつのらせてゆくものよ、
そのほかにはもはや専念しなくなった、わたしの命に、
果たして起こるであろうか、
残忍な追憶の恩寵さえも

欠けるに至るほど
砂漠の拡がるさまを見ることが?

3

いつの日かおまえを離れて、
現われ出る別のものを思え。

いつの日も誕生は約束に満ちている
たとえ胸を引き裂くものであれ、
日々の経験は教えてくれる
結び、かつほぐれ、かつ続いてゆくもののなかで
日々は虚しい煙にすぎないと。

4

目的地へ一散に逃げてゆくもの
誰がそれを知ろうか?

移ろう海に迷って
イタケーを夢見るのではなく、
シナイめざして砂漠の上をゆくのだ
単調な日々を数えながら。

5

人は砂漠を越えてゆく、先ほどまで
脳裡に結ばれていた幻影の名残りを追って、
約束の地について命ある者は
ほかには何も知らない。

6

この旅が無限に続くものならば、
一瞬は続くわけがないであろう、死は

すでにここにあるのだ、先ほどから。

途切れてしまった一瞬、
それから先は続かない地上に生きる者には。

もしもシナイの山頂でそれが途切れれば、
残った者に掟《おきて》は甦《よみがえ》り、
幻滅はさらに辛いものになるであろう。

7

たとえ片手で不幸を逃れても、
別の手でおまえは見つけてしまうであろう
すべてが廃墟にすぎないことを。

生きるとは、死よりも先へ生き延びることか？

片手で宿命を払いのけても、
見よ、別の手は、告げているではないか
おまえのつかんだものが
追憶の切れはしにすぎないことを。

8

しばしばわたしは自分にたずねてしまう
以前のおまえは、そして以前のわたしは、何であったのか。
わたしたちはもしや夢の生贄《いけにえ》としてさまよっていたのではないか？

あのころ、わたしたちが果たしたのは、
夢うつつの業《わざ》であったのか？

いまや、わたしたちは離ればなれだ、あの消えてゆく谺《こだま》のなかで、
わたしのうちにおまえが浮かびあがるとき、かすかな物音のなかで
わたしは聞く、かねてわたしたちのことを予見していた

眠りから覚めてゆくおまえのつぶやきを。

9

毎年、二月が来れば、
わたしの感覚は鋭く研ぎすまされ、恥ずかしげに、
濁った小さな花を黄色に綻ばせる、
ミモザだ。昔の、あの、わたしの部屋の
窓辺にもあった、老いの歳月を過ごしている
この部屋の窓辺にも、その花は飾られている。

底知れぬ沈黙に近づいていっても
もはや何ものも死なぬ、ただ同じ姿に返ってゆく
あの兆《きざし》を見るだけではないか？

それともついに知るのであろうか、死の
支配する領域は上辺にすぎないのだと？

10

不安、それはわたしの目のなかにおまえが隠したもの、
その奥でわたしに見えるのは、ただせわしく動くもの、
夜更けにひとり横たわるおまえの姿だ、
追憶のおまえの手足が
いつものわたしの暗闇のなかへ黒ぐろと届けられてくる、
そしてそれがわたしを夜にする、
声なき叫びのなかで、さらに夜にする。

11

おまえの不在、盲《めしい》た流離《さすらい》、それは霧だ、
希望をすり減らすもの、それは希望だ、
おまえを離れてからはもう木々の枝に
産声にも似た

芽生えの囁きは聞こえない
春の温もりをおまえが
萎えたわたしの体に吹きこんでみても。

12

翳《かげ》った肩に西の空が感じられ
血潮の輪が広がってゆく、
追憶の夜毎の深みから、
虚空のなかへ汲みあげられた血潮だ、
たちまちにそれは孤立してゆくであろう
虚しくも独りで流れるであろう。

13

秘密の薔薇よ、深淵の上に
花とひらけ、そのときにだけわたしは怯えるか
にわかに香りを思い出して

嘆き声が湧きあがるころ。

呼び覚まされた奇跡が溶かしてゆく
わたしの夜を、そのとき夜のなかで
おまえは追っていた、自分自身を見失い
自分自身を見出しながら、解き放たれた
自由から、さらに灼熱の事実のなかへ
眩暈《めまい》と非難とを求めながら。

14

輝きを増す光に、あるいは溢《あふ》れ出る
光にも似るか、愛は。

ほんの一瞬、南に
傾いただけで、それは
すでに死んでしまった、と言ってよい。

15

逸楽がふたりを取り巻くならば、
虚しくも光を求めつつ
男は雲のなかに見るであろう
飽くことなく切りひらいては
嵐を巻き起こす女を、止まれ。

16

あの星から別の星へ
夜が閉じこめられてゆく
渦巻く無限の落とし穴のなかで、
あの星の孤独から
あの星の孤独へ。

17

まばゆい空間のまたたくまに
見失われて、追憶の外の命を
星屑たちは生きている
孤独の重みに狂いながら。

18

その光に、光の鞭に、耐えるために
もしも光が現われるならば、
その光に耐えるために、瞬《まばた》きもせずに
それを見つめるために、
苦しみにおまえを馴らしてやろう、
おまえの罪を償いながら、

その光に耐えるために
光の鞭に立ち向かい
予兆を引き出してやろう、恐ろしくとも、
気高いものにわたしたちの喜びはなるであろう!

19

目覚めも眠りも終わらんことを、わたしの
疲れた肉体に認めんことを
あなたの慰めの、たゆみない痛みを。

20

いま一度、時を無視したならば、
起こるであろうか、魂を失っても
一閃のうちにおまえを仕合わせにした
あの戦《おのの》きに戦くことが?

21

もしかしたら、おまえは返れるであろうか
他愛《たわい》もない、一人の赤児に？
きらめく光のなかで、ひたすらに
清純な泉の不安しか
見ようとしないその瞳で？

22

息も途切れて、夕べには、息も途絶えて、
わたしの死者たちよ、生き残った愛する少数の者たちよ、
わたしの心のなかに善きものを
あなたたちがもたらしてくる、そのときにだけ
夕べにだけ、わたしは思い知るであろう、孤独の深さを。

23

この忍耐と性急な
苦しみの世紀のなかで、
天球は二重に垂れこめて下と
上に、皮殻を形づくり、そのなかでは
すべての限界が取り払われ、人は矮小な存在と化した
地上十二キロの高度の
飛翔のなかでおまえには見えるであろうか
時が白んでゆきやがて
甘美な朝へと変わってゆくのが、
口には出さなくても
あたりを取り巻く空間からは
思い出せるであろう
時速一千マイルの
早さで打ちあげられたことは、

押さえがたい好奇心と
そして宿命の願いとは
おのれが人間であることを忘れさせ
決して成長を止《や》めない人間は
すでに非人間的な大きさにまで成長した
人間には、学ぶことができるであろうか、所詮おのれが
独りの存在であることが、性急さも忍耐心もなく
遥かなヴェールの下に見つめられるであろうか
日暮れには地球の燃えてゆくさまが。

24

鳶《とび》の青い爪に攫《さら》われて
太陽の高みから、わたしは
砂の上へ落としてもらいたい、
いっそのこと烏の餌食になるために。

肩の上に二度と泥はつかないであろう、
それどころかわたしに火が取りつくであろう、
啼きたてる鳥の嘴《くちばし》によって
嚙みついてくる熱い山犬の牙によって。

いつの日か遊牧民が、
砂の下に見つけだすであろう
杖で掘り起こしながら、
一片の純白の骨を。

25

月影のない夜に闇の帷《とばり》がシラクーザに
垂れこめてきた、鉛色の波が
うねりもせずに溝へ溢れてきた、
ふたりきりで廃墟のなかへ入っていった、

遠くで縄を持つ人影が動いた。

26

喉を詰まらせては苦しげに途絶え、
戻ってきては、立ち返り、われを失って戻ってきては、
ますます深くわたしの内に入りこみ
ますます激しく聞こえてきた、さやかに
やさしげに、さらに愛にみち、恐ろしくも
消えていったおまえの言葉が。

27

愛はもうあの嵐ではない
闇夜の閃光のなかを少しまえまでは、
不眠と熱狂の波間で
まだわたしに襲いかかってきてはいたが、

行手に燈台が閃《ひらめ》いている
静かにそれに向かって
老いた船長は進んでいった。

言葉を失った小曲

一九五七年十月、ローマ

1

太陽が山鳩に
光を譲った……

やがて鳴きだすであろう……
おまえが眠れば、夢のなかで

やがて光は来るであろう、
ひそやかに生きてゆくなかで……

大きな海の
夫人だと知れるだろう
おまえの最初の溜息で……

早くも輝きだした
動きながら、あの海が、
夢見る人にはひらかれて……

2

おまえが閉じこめた光、それだけが
魔力をもつのではない……

おまえには下女のように見えたが、
ほかの男に狙いを定めていた……

たちまちに度を越してゆき、
あの海は奈落を欲した……

おまえがためらっているうちに、飛翔は
おまえのなかへ消えた、
人は谺を探していたが……

あの叫び声のなかでは怒りが
おまえの魂を拭い去って
一日の光が戻ってくる……

二重唱

一九五九年五月十―十四日、日曜―木曜、ローマ

先の声

心がわたしにつれなくする。
愛しても他のどこにも火が見出せないであろう
どれほど抜け目なく責苦を甦らせても、
おまえの愛を遠く離れて
闇のながい息を詰まらせながら身もだえしても

その淵を見つめて、おまえが
追憶を振り捨てながら、おまえのなかに
瞳や伏兵を退かせていっても、
その渇望に襲いかかってくるもの、
唯一の光、それがひそかに
たとえ炎を閃かせても。

後の声

もはや何一つ彼の心から動かせないのか、

もはや何一つ彼の心から
追憶の苦い驚愕のほかには
擦り切れた肉体のなかでは？

永遠に

一九五九年五月二十四日、ローマ

何の苛立ちもなくわたしは夢見るであろう、
うずくまって仕事をするであろう
断じて終わりのない仕事を、

そして生まれ変わった両腕の
先に少しずつ
救いの両手がまたひらかれるであろう。
それぞれのくぼみに
ふたたびあの瞳が現われて、ふたたび光を放つであろう、
そして不意に、触れもせぬのにおまえは
立ちあがるであろう、改めてまたわたしの
導き手になるであろう、おまえの声は、
そしてまたおまえに会うのだ、永遠に。

最後の日々[57]（一九一九年）（フランス語詩篇）

「戦争」

「P‐L‐M」

戦争(58)

ギヨーム・アポリネールに

ふたりで見送った死神の思い出に
ぼくらのあいだで跳ねて吼《ほ》えて
　　　そいつは倒れた
埋葬された花束の思い出に

夜想曲

きらめく光の道程《みちのり》を
さすらいゆく人

憂鬱な風の下で空は
消えてしまった

かぐろい枝先に春がいま点《とも》されてゆく
この一時に耳を澄ますのは詩人だけだ

そして詩人は立ちあがる
きらめく光と一体になった
あの力を振りしぼって

そして閉ざされた窓のアパートのあいだをひっそりと過ぎてゆく
彼の徹夜の刻限にあたりは静まりかえって
彼の立ち去った町に雪は降り積み

彼の見つめた無垢な野原に憂鬱は
消えてゆく
冷たく不思議な顔立ちをとった激しさ
これにまさる激しさはない
詩人に許されているのはただ
神の諧謔を見抜く殉教だけだ

憂　愁

遠い沼地の眩暈《めまい》をぼくらは見張っている

冬

この季節の襞《ひだ》に隠された一粒の種にも似て
必要なのだぼくの魂にも労働が

前奏曲

一つの名をぼくは刻んだ心というこの砂粒に
一つの風が吹き過ぎた人生というこの砂漠の上を
砂粒は飛び散って雲となった

牧《まき》場《ば》(59)

やさしく軽やかに大地はヴェールをまとった

羞じらいながら新妻が母親として初めて幼児《おさなご》に微笑《ほほえ》みかけたみたいに

朝露のきらめき

大地が喜びに身をもたげたやさしく激しい太陽を浴びて

旅(60)

どこにも住みつけない

新しい土地へ来るたびに過ぎ去ったぼくの心を見つけてしまうから

見知らぬ者となってそこを引き払う

あまりにも生きながらえた時代から生まれ変わって

人生の初めの一瞬だけを楽しむのだ
ぼくは無垢の土地を探している

人　生

幻想で飾りたてた頽廃

晴れあがった今宵(61)

厚い雲の背後から一つまた一つ星が出てくる
やさしく色を変えた空が唇に残してゆく涼しさを吸うと

悲しくも甘い一つの影がよぎってゆく
永遠の輪にとらえられて

兵士たち(62)

ぼくらはみな秋の木の梢の葉にそっくりだ

郷　愁(63)

夜明けが淡い花びらをひろげてゆき
春はまだ浅く
道ゆく人も稀なとき

パリの上にこの涙の色は降り積もりぼくらには家並さえ歪んで見え鈍い光の下にセーヌの流れは置かれた(64)
きゃしゃな少女の果てしない沈黙をぼくは見つめている橋の片隅で
そしてぼくは生きる彼女の憂いを
そして運ばれてきたかのようにぼくらは残る

地平線

濁った輪のあたりで天と地は交わる
あらゆる事物から切り離され投げ捨てられた小石みたいに

どの道をたどる人も持てなかった家も未来も思い出も
人類という仮面から遠く離れて神秘のなかに瞳だけが失われた
流れゆく波しか持てなかった
大海原の風の揺り籠のなかで無垢のままに眠っていた
いまは奈落の名残りしか持っていない
崩れながら夜はもはや金属の集積としか見えない
　　　　　　　　　　　　　ぼくの沈黙の外に
雲を孕《はら》んで浮かんでいるぼくの命を解きほぐす愛はない
死んでゆく太陽から立ち帰ってきたように現われる

錆びた壕を詩人はあとにしなければ鹿毛色の大地を詩人はひたすらたどらなければ
もはやあてもなく待つこともなく
土の下の土のように身を横たえて
軽やかに無が詩人の瞳には降りてこなければならない
血の叫びか愛は詩人はもはやそれを聞かない
流れる池の水のようにぼくの血は
　　　　　　　　　　　　　重たい

暁と夜想曲

広がりゆく静けさ

連なりゆく島々に人影は絶えた
歌いださんばかりの沈黙に
橉木《りんぼく》の群がる実に犇《ひし》めき波打つ光

三月末

果てしない疲れをぼくらは運んでゆく
それはこの大地に毎年もたらされるあの始まりの隠れた努力の自然の疲れだ

夏の夜

花瓶と岩石とが砕けて火矢と火口に群れ飛ぶ
この暴虐に太陽は花々しか添えない
激情の野営地に湧きだして舞う口づけ
蒼天は真珠母色に乱れて
爽やかな微笑みがぼくを星空に結びつける

閃　光

巣窟と生物　緑と雲　土砂と小川　金属と小石　泥
そして迂回路　それが山肌を削り取って断崖の谷間へ落ちこむ
ぼくの瞳

すべては虹色の火花に解《ほど》けてゆく

結　論

小山のような闇が前の一瞬と後の一瞬とを切り離す
ぼくの瞬間の一つが過ぎ去ればたちまちに何千年もぼくは遠ざかっている
至るところでぼくを狙っているのは祖先たちの悔恨の目覚めだ

この詩をフランス語に直したのは

一九一八年六月ヴォークワにて
七月クールトンの森にて
一九一九年一月パリにて

P―L―M⑮

一九一四―一九年

黒の成就

アンドレ・ブルトンに
モン・ド・ピエテのために

轟く
　冴《こだま》が
届いてくる
ときたま
　　それほどまでにぼくらは遠いのだ
　　　すべてから

鳩が歩きまわる
　　安心して
舗石の上に
　　月影が伸びてゆく

取り乱した
　きみの手の上に
腰をおろしていた羚羊《かもしか》が
　　跳びあがる

あとに残った雲は
　ただ惑乱している
　　空は乾いた
　　鋼《はがね》のようだ

家並が湧き出しては
　漂う
それも見失われて
行方を知る者とていない

白亜の回教寺院が
ジャスミンの

　死体は流れた
　油の塊のように

香りを
　漂わせている

一群の
　　人影が
　上陸して
鼾《いびき》をかく
　　他の積荷のあいだで
強く臭っている
　　帆綱が
誰かが倒れている
　金糸銀糸の
　　椅子のなかに
三日月の光に
　一羽の烏が

その形は残った
　ガラスの地下室に

噛りついて
　ぼくは引き裂いた
　きみの動脈を
ぼくらは大いに飲んだ
　大いに笑った
空は覆われた
　烏の群れに

大気のなかには

止まった　　色鮮やかな芝生の
それは雲の　　一隅がある
戯れに
すぎない

そして砂漠は打ち鳴らした
青銅にも似た鐘を

もはや
動かないのは
渦巻きの底
甦《よみがえ》ってくるのは
笛の音の底の
燈火《ともしび》の列ばかり

家もなく
妻もなく
子もなく
愛もなく
友もなく
思い出もなく
希望もなくて
ここへ何しに来たのか

裸になった
夜みたいに
川床の
小石みたいに
磨かれていた
火山の
小石みたいに

どこへ落ちてしまったのかぼくは

窶《やつ》れていた
誰かに摘み取られた
茂みのなかで

忘れてしまうのだ
失くしてしまった
そんなものは

ああ消えてしまいたいぼくは
明け方の
薄明りのなかの
燈火《ともしび》みたいに

ロマン・シネマ

ブレーズ・サンドラルスに

1

パリ

別れの時
過ぎ去った時を数える時
独りごちる時
残ったのは思い出だけ
笑うためにすべてに火を放った
それは覚悟しておかねばならなかった

明け方の最初の光とともに
燈火《ともしび》のように彼は消えていった

2

かぼそい茎の先に咲いたこの花
色白でひ弱な子供
風に体を揺らせていた
あなたが不安に戦《おのの》いているあいだ
風に体を揺らせていた

3

いまはもうきみはよく知っている
黒の成就を

4

きみはそのとき
飛び立たねばならなかった

きみの溜息は撒《ま》きちらした
楽しげな羚羊《かもしか》の群れを
可愛げな千の瞳を
白亜の石と絹を
寒がりやのきみの熱を
ああ露《あら》わな夜よ

5

ベッドに横たわっていた
彼は服を着たままで
その口もとから
落ちたタバコ
数秒まえには
出ていってくれ
と言った
ばかりなのに
消えてしまっていた

いまはもうすっかり消えて
そこに
ひっそりと置かれていた
かすかな灰のかたわらに
数滴の血が滲んでいた
こめかみに

一筋の血が
口もとに

かつては砂漠の王であったから
生きてはいけなかった
西洋では

領地はみな
失くしてしまった

不意に
故郷へ帰っていった

会いたがる者には
微笑みかけた

あの微笑みにも似たやすらぎを取り戻すためには
死なねばならなかったのだ

6

そして何千もの天球が
にわかに
吼え狂って
そして乾涸《ひから》びた舟が
小鳩みたいに
彼の庭のジャスミンの香を嗅いで
飼い馴らされる

そして一人の潜水夫が
渇いたきみの口もとから
その香りをぼくに届けてくれた

一九一四年三月十一日、パリ

異国の葦

アンドレ・サルモンに

ぼくの知っているある国では
太陽がしびれさせるのだ
蠍《さそり》さえも

独りぼっちでそこで眠っていた
あの仔羊狼が

あの死の
風土を

知らずにいられるのは
　至るところで
　　追いたてられる
あの仔羊狼だけではないだろう

散逸詩篇(66)

エジプトのアレクサンドリア風景

太陽に萎《しお》れきった緑。

牛は目隠しされてまわりつづけ
丸い滑車が軋《きし》りながらついてゆく
規則正しく牛は立ち止まる。

汲みあげられた水がよろめきながら広がってゆく。
そしてまた地中へ滲《し》みこんでゆく。

撒《ま》きちらされた雫は一瞬の
喜びに甦《よみがえ》って緑に光る。

エジプト無花果《いちじく》の木組みの虚《うろ》のなかで

うずくまったアラブの農夫
それを囲んで地中から伸びた長い鼻は巨大な蛆虫《うじむし》にも似て
等しい輪を上下に描いて
キリストの両腕みたいに地面へ伸ばされた。
アラブの農夫が唄う
渦巻く胸の思いは山鳩の愛の歌
物憂げな哀愁の声
――家鴨《あひる》よ来い。
――ほっといておくれ。
――絹のベッドにかぶせたヴェールの詩。
――ほっといておくれ。
――夕暮れの企み深い涼しさを教えてあげよう。
――ほっといておくれ。
――そいつをたくさんしっかり持っているのに。
――ほっといておくれ。
ぼくの沈黙は物憂くさすらう。

聖油式

もう少し分別を持てと忠告された、
ひともうけするために。
前へ出ろ、きみたち分別ある人びとは。

鬼ごっこをしようではないか。
(いつもの自分の唯一の楽しみを
思い出してしまったので)

きみたちの背丈は測ってしまった
きみたちの人相は覚えてしまった
きみたちの紋切り型の写真は
ことごとく分類した。
きみたちは蝿にも蚊にも似ている

ただし飛ぶことができない。

人びとよ一メートルごとに一マイルごとに
この善良なる虚しさを測ってくれ
日々はどうやら無為のうちへ帰ってゆく。

ぼくについてくるんだ。走れ。走れ。
ぼくをつかまえるんだ。

おあいにくさま！

ぼくは崖のなかへ跳びこむ。
無分別の
死のとんぼ返りを打つ。
バルトロメーオさま。

口には表わせない

手さぐりの家
片側には海ばかり
別の側には砂ばかり
見えるのは星ばかり

進めチュイルよ
その王冠に
琥珀の粒がきらめく

顔立ち

ひび割れて
祖国を手に入れた

めぐらされた城壁
消えてしまった庭園
微風《そよかぜ》にさえ乱れてしまった
もうぼくを映していない。

海辺の避暑地

ヴィアーニよ
松林はきれいかもしれないが
どうやって眠ればよいのだ
蠅だらけで汚物だらけなのに

むせび泣く声

切れぎれの舗石の

小道にそって
ためらいがちな葦の茂みを
通り過ぎるとき
孤独の背中に
聞こえてくる
失われた魂たちの
言葉が

そしてまた消えてゆく
暗闇から
軽やかに湧き起こって
波打ちわだかまるもののなかへ
粘りつく
空の縁で
うずくまれば
マジョリカ焼のようにそれは
ぽっかりと

奈落の
口を開けている。

一九一六年十一月二十七日、サグラード

詩

昼となく夜となく
鳴り響いている
このぼくの神経のなかで
竪琴の音が

病んだ宇宙の
この喜びを糧にして
苦しんでいる
自分の
言葉のうちに

この喜びを
点《とも》せぬことを。

一九一六年十一月二十八日、サグラード

朝露のきらめき(67)

大地が
喜びに震えている
やさしく
激しい
太陽を浴びて

朝と夜の祈り

果てしない

静けさ

往き交う
住む人の絶えた
島影

沈黙の
美しい調べ

罪に堕ちた
群衆の
息苦しさ
波打っては
ひしめく
瞳
秘法の
輝き

恢復期に杖にすがって

繻子《しゅす》の
緑色から
そぞろ歩くと
ものうい
瞳が
こぼれ落ちる

鬼の口ずさむ歌

山々の
貝殻のなかで
弓なりに
飛びまわった

天使たちの
軌跡

夜明けの温もり

めくるめく
目覚めが
色褪《いろあ》せていった
ガラス戸越しの
半円の空へ

一九一七年八月二十二日、ブルチャーノ

暁

もつれあう光の玉から

ほとばしり出た緑
曲がりくねった岩の塊に
降り止んだ
真珠の群れ

……………

腐った空の
この天幕の下で
大地が
ずれる
大きな弧を描いて

そして輝く
渇きを癒されて

一九一七年二月十五日、ヴェルサ

一九一六年十二月二十六日、ナーポリ

病みついて

憂愁が
ぼくの心を砕いてしまった
血の気の失せた肉体が
ぼくの詩を
崩してしまった

一九一七年四月二十日、ヴァッローネ

マンドリン曲

磨きこむのだ

大理石みたいに
ぼくの情熱を

すずらん

可憐な花すずらんよ
かぼそい茎の先に
白じろと大きな萼をのせて
空のぶらんこに揺れている
並んだ無垢の子供たち

バベルの塔

蜜蜂の群れがもつれあう血のなかで

甘い言葉

天空の詐欺師が
露の籠を抱えている

倦　怠

怠け心が流した
一雫の涙を
誰に贈ろうか

流れゆく命にまかせて

家並が離れてゆく
ぼくを避けるみたいに

首筋に触れてくる熱気

日傘をさしてそぞろ歩くハレムの
女たちの瞳

いつまでも淀んでいる大気よ

閉ざされた戸口の数だけ祈りをあげて
ぼくはついてゆく

この夜も過ぎてゆくだろう(68)

この移りゆく命
ためらいがちな架線の影か
湿ったアスファルトのうえに

辻馬車の御者の大きな頭がまたよろめく
そしてしめやかに
眠りは訪れてきて
少しだけぼくを運び去った

霧(69)

凪《なぎ》だ

はるかな天の弧に
かすかに波が沈む

船尾には
シリアの移民たちが
踊っていた

笛の音に
合わせて

寒くなった

ウィンチが止まる
奴隷の歳月は尽きた
心のなかに刺青《いれずみ》をしたその瞬間に
時は甘くやさしい音を打った
繭のなかにひそんでいた蚕が
翅《はね》を伸ばして
殻を食いちぎり苦しみながら闇をさぐった
年経《としふ》りた美酒のごとくいま
ぼくの秘密の道は甦った
白熱の嵐がぼくを浸してゆく
いまぼくは透明の水晶の岩だ

絶えまなく現われては消えてゆくかすかな
脈搏の深みにまで流れこんでくる詩

ぼくは生きている

すべての時が失われてしまわなければ
束の間の歳月のもつれに
ぼくは過ぎ去って愛することはなかったであろう

善なる時を噛ってては数えてみる

土曜の夜の
この時刻には
東方のヘブライ人は
運び去ってゆく
亡骸《なきがら》を
そして渦巻く

小路の奥には
見えない
ゆらめく
布に覆われた
燈火《ともしび》しか

そしてしまいにこの都会の道筋を見失ってしまった

そして空を背にぼくは進んでゆく
善き時の愛撫にまどろんでは
元気を取り戻しながら
平らかな大洋の下にうずくまって
ぼくの時化《しけ》は
母の手のように鎮まり返った

けれどもたどってきた道はもうたどり返せない
ぼくを育んでくれたスーダンの乳母よ
太陽に灼かれた彼女の肌をぼくはしゃぶった
ああ熱い故郷よ　今夜あなたの太陽をぼくは懐かしんでいる
ああ薄墨色のなかに消えてゆくすばやいスーダンの女の影よ

月の絵模様

静かな物音が失われて
思い出を映しだした
戦慄の影が花と咲く
不意に射しこんできた光が一筋の

静かな水を白じろと目覚めさせる
沈黙の庭園のヴェールは剝がれていった
そしてこの流浪の民は
漠としたあの鏡に照らしだされた
ああ薔薇色の頰よ濃紫《こむらさき》の額よ
ああ甘い瞳に愁いの影は消えた

一九二二年六月二十九日、ローマ

夢

ああ燃えあがる小舟よ、
花冠《はなかんむり》は空色に
虚《うつ》ろな宇宙は

谺《こだま》が満たしてゆく……

詩の必要(70)

私もまた、当然のことながら、多くの作家や芸術家たちと同様に、詩的表現の問題や文体の問題をめぐって反省を重ねてきた。ただし私の場合は、年を追って詩的表現に圧迫され、それが私という人間の生き方に抜きさしならぬ形でつきまとい照応しつづけるという、困難さのなかでの反省でしかなかった。折にふれて、一再ならず、私もそのような反省を文章化し、人前にさらしてきた。私は哲学者ではないし、またそのような問題を利用して抽象的な理念をつくりあげる気持は毛頭もちあわせていないから、それぞれの時機の必要に応じて、そのような試みをしてきたのであった。

したがって、私の長い詩的経験に終止符を打とうとするかのごとくに、過去のいくつかの異なった時点における――それは歴史の変動ゆえに異なったり、私の内心の変転ゆえに異なったりしたのであるが――私の詩的立場の展開を、今日になってやっと記そうと思い立ったとしても、怠惰とばかりは責められないであろう。

私が書き散らしてきた文章のなかに、ごく初期の詩心を記したものがいくつかある。それらはもう、遠い昔の『喜び』(決定版第一詩集)以後のものだが、悲惨な塹壕のなかで書いた私の詩の出発点を形成した思念がどのようなものであったかを示している。それは、多数の思念を短い語彙のなかに一挙に閉じこめた、簡潔な表現の本質にかかわる文章であり、そこから私が、過去の経験をますます鮮明に甦らせながら、どのようにしてさらに複雑な詩的探究へと移って行ったかを、示そうとするものである。一九二二年に『ロンダ』誌に発表した文章のことを、いまは言っているつもりだ。そこには次のように記されている。

《「人間の心の深淵を探索することは可能なのだ」と、ジャック・リヴィエールはドストエフスキー論の一節に記して、このロシアの作家の作品に、フランスの芸術を、とりわけフランスの小説の技法を——したがってもちろん西欧流の心理分析の手法を——対応させた。それはまるで「最も簡単な手段で世界を暗がりのなかに包みこんでみせる」と言うのに似ていたし、逆の言い方をすれば、これはまるで「必要に応じて、同じ手段を用いて、人間の深淵を危険にさらし、結局はその探索を可能にしてみせる」と言わんとするに等しかった。いまや明らかなように、リヴィエールの過ちはドストエフスキーの作品が方法論に転換しうると信じた点にあった。つまり、それを分析や心理に転換可能であると信じ、そうすることによってフランス風の良い小説が生みだされると信じたのだ。ところがドストエフスキーにあっては、彼が理解したときに、あまりにも、神秘的なまでに、理解してしまったので、一切の理解の可能性が停止したかにみえた瞬間においてさえ、彼の場合には原理が――いうなれば情緒的原理が――働いてしまっていた。《もしも暗闇が事物にまつわる物質的な暗闇ではなく、やがては過ぎる夜でもなく、煙や霧のなせるわざでもなく、岩の塊の暗闇でもなければ――それが岩の塊ならば、必要に応じて、ダイナマイトを仕掛けて吹き飛ばしてやればよい――ところが現実にはそれが最後の最後まで人間の精神の闇である以上どうして打ち砕くことができようか、愚かしい暴力機構や人間のさかしらが造り出した火薬や、所詮はその範疇に入ってしまうリヴィエールの誇らしげな科学の力では？　もしもドストエフスキーがフランスに生まれていたら、せいぜいのところ一人のゾラに留《とど》まってしまったであろう。「一挙にかつ直接に客観性を欲するあまり」どれほどリヴィエールがフロベールを拒否したとしても、いずれは同じ路上の人であり、そこにムイシュキン公爵を探し求めたとしても、また同種の人物やこれに負けない芸術的成果を期待したとしても、ブヴァールやペキュシェ以外の誰を見出せたであろうか。

《ドストエフスキーを読み返してみよう。私たちはそこで群衆に出会う。が、彼の群衆はつねにおのれ自身をなぞらえた同一の人物の群れなのだ。そして彼の自己増殖は身にまつわりつく眩暈《めまい》から発している。ドストエフスキーにとっても、また誰にとっても、環境を調整するぐらいの態度によって、お座なりに、そのような幻影を論理的に規定しようとしても、その試みはみな虚しいのだ。

《この内心の葛藤を概念化する別の方法があるというのではない。なぜなら、この葛藤は人間存在の根源にあって、アイスキュロスからドストエフスキーに至るまで、つねに荒れ狂ってきたのであるから。そしてアイスキュロスは、悲劇が尺度の欠如もしくはその過剰によってのみ成り立つことを私たちに感じさせはしたが、同様にまた初めからまさに宿命的な尺度しか存在しえなかったことを示そうとする。だが、ドストエフスキーは別の考えをもっていた。

《それにしても、私たちは充分に承知しているはずだ。もしも人間にとってすべてがつねに暗い与件の上に成り立つとすれば、誰しもおのれをそこに混ぜ合わせておのれを見失いおのれを無と帰せしめることなくしてそのような与件のなかに人間的な解決をはかることはできないだろう、と。そして私たちは充分に承知してもいるはずなのだ。いかなる人間的な光も——プルーストのそれも、フロイトのそれも——そのような与件を測定可能には決してなしえないことを、また私たちの目の前でついにその秘密を明るみに出しえないことを。

《神秘は確かにある、それは私たちのなかにあるのだ。それだけは忘れないでいたほうがよい。神秘は確かにある、そして神秘とともに、同じ足取りで、尺度がある。けれどもそれは神秘の尺度、つまり人間には知覚されないものではなくて、ある意味では神秘に逆らいながら、なおかつ私たちにとって至高な現われとなるもの、すなわち人間の絶えざる創意とみなされるこの地上世界にまつわるものなのだ。手がかりはこの神秘にあるだろう。そして、私たちのなかを駆けめぐり、私たちに命を与える息吹こそ、神秘なのだ。それにしても私たち〔ヨーロッパ人〕は、一本の樹木さえ一つの風景のなかに位置づけずにはいられない因果の道筋を、すなわち場所を移せばその性質の変更を認めずにはいられないあの関係性の筋道を、気にせずにはいられなくなってしまった。それゆえ、私たちにとって芸術はあらかじめ定められた自然な基盤をつねに備えてしまっているであろう。しかも同時にそれは合理的性格を備えてしまっているであろう、そこにあらゆる可能性と複雑な計算とを認めたとしても。もしも三つの要素ではなくて四つの要素が介在するならば、もしも秩序が覆されたならば、もしも大風が吹いたならば、等々……そしてもしも五つめの要因が加わったならば、さぞかし起こるであろう……この世の終わりが、おそらくは。しかしそれでも相変わらず私たちは無情な精密さの領域に留まりつづけるであろう。

《論理の筋道さえ見つかれば、小石は巨岩にもなりうるし、その逆も起こりうるし、また危い綱渡りを演じることも、その下を通りながらおのれの影を楽しむこともできるであろうし、人間は落着き払って芥子粒ほどの恐怖も感じなくなるであろう。内なる精神の変貌によって、この入念な死への挑戦は、至福へと向かう私たちの生まれながらの性格にも反して、皮肉にも、一つのイメージと化すであろうか？　あるいは逆に、死のイメージが絶えまなく私たちを脅かして、私たちを無に繋ぎ止めるであろうか？　それとも、生きる衝動に駆られて、私たちは無意識のうちにそれを試みているのであろうか？　あるいはおのれの性質から他の次元へと、単に現実を担ってゆく私たちの可能性があって、そこに詩や真実を発見するのであろうか？　あるいはまた多数の変貌から生じた効果の一つが、言葉は母音や子音から、そして音節から成ることを思いださせ、また言葉はそれが喚起する事物とはまったく異なった類《たぐい》のものであり、言うなれば不在の事物とも呼ぶべきものであって、この宇宙のなかに遠く投げだされた物体であることを、示すのであろうか？　それらは遠く、時間のなかで黄昏《たそが》れてゆく存在なのだ。そしてしまいには、追憶の彼方に消えた時代と土地に所属するのであろう。

《これこそが、人間に許された変貌の能力の極みであり、秘法の唯一の贈物であろうか？　この贈物をとおして言葉は、その暗い起源と暗い意味のなかにおいて、私たちを神秘へと導いてゆくが、それはあくまでも私たちには不可知のものとして残る。そして言うなれば、ある意味で神秘に逆らおうとして湧き起こったかのごとくに、神秘へと向かってゆく。

《これがギリシア・ラテンの芸術、私たち〔ヨーロッパ人〕の芸術であり、地中海の芸術であり、何千年も承け継がれてきた私たちの散文と詩だ。

《この芸術は奇蹟と呼んでもよい。それは均衡の奇蹟だ。

《先にも述べたことだが、私は繰り返しておきたい。神秘は否定できるものではなく、それは一貫して私たちのうちにあるのだ。ただし、付け加えておくが、論理が芸術作品のなかで想像に先行することもある、たとえ論理と空想とが交互に生み出されないにせよ。さらにまた、付け加えておくが、現実を呼び覚ますあの力のすべてを、すなわち空想を駆使することによって、現実の一瞬を永遠に取り戻そうとするあの魔術的力を、芸術はもっぱらその幾何学的な力から取得している。なぜなら、真の芸術家の才能は、生命という恩寵が骨格を包むように、この力をどのように隠しとおすかにかかっているからだ。

《限界と均衡。これこそは、私たちのためにある。そしてここから私たちを解き放つことができるような睡眠薬も、興奮剤も、人工楽園もないのだ。人間には橋を架け、交通手段を容易にすることはできても、距離を消滅させることはできない。ましてや、瞬時と永遠とのあいだを結ぶような、人智の及ばぬ距離を消滅させることは到底できない。

《私たちの文明はそのように本来できているのだ。

《またそれゆえに、私たちにとって、芸術は至難の道であり、はなはだしく陰鬱な透明さを孕むがゆえに、そこに到達したときの喜びは大きいのだ。》

一九二二年に、私は以上のように記した。そして一九三〇年には、トリーノの『ガッゼッタ・デル・ポーポロ』紙に、同じ主旨に基づきながら、これらの問題点をいっそう敷衍してみた。そこにはつぎのように記されている。

《第一次世界大戦後の最初の数年間に私を襲った不安は——そして私の周辺には不安を呼び覚ます種にこと欠かなかった——それらが一体となって、何らかの秩序の発見へと私を急《せ》きたてた。私の場合は詩人が仕事であったから、最も深くかかわりあっていたその分野において何らかの秩序を発見することが、私の急務になった。当時、私たちを取り巻く世界において、韻文詩などでこれから先やっていけるはずがない、と誰もが言った。最良の意図をもつ雑誌でさえ、韻文詩を掲載することが不名誉であると感じないものはなかった。人びとは散文を求めていた、もしくは散文詩を。ところが、私の詩心は、安全ブイのように、追憶の世界に繋がれてしまっていた。私は虚心に過去の詩人たちを読み返していた、とりわけ詩人たちの歌心を。ヤコポーネ、ダンテ、ペトラルカ、グィットーネ、タッソ、カヴァルカンティ、あるいはレオパルディたちの詩的表現を探し求めたのではなく、彼らのうちに私は音楽性《カント》を求めていた。誰それの十一音節ではなく、九音節でもなく、また他の誰かの七音節でもない。私が探し求めていたのは、十一音節そのものであり、九音節そのものであり、七音節そのものであった。つまり、イタリア語の音楽性であった。何百年来、多様な声と多様な音色のうちに、固有の思念と固有の感覚とを表現しながら一貫して流れてきたもの、すなわち、あのように妬ましくも新しく、かつあのように独自な形をとってきた、イタリア語の音楽性であった。絶望的なまでに私が愛してやまないこの国の先達者たちの心の鼓動と、私自身の心の鼓動とを、それは調和させることにほかならなかった。こうして、一九一九年から一九二五年にかけて、「季節」「クロノスの終焉」「死への讃歌」などの詩篇が生まれた。これらのなかで、可能な限り、私は自分の耳を磨き心を澄まして、今日という時代の鍵のなかで、古い昔からの楽器と私の詩句とを調和させようとつとめた。そして改めて私に親しく近づいてきたものを、良きにつけ悪しきにつけ、残らず自分の詩のうちへ取り入れたのであった。

《私はひたすら〔伝統への〕追憶に思いを馳せ、〔現代の〕夢に対しては薄情にせずにはいられなかった。実際には、それは薄情な仕打ちのためではなく、私の心のうちに成熟しつつあった確信のためであって、この確信は完璧な輝きの状態に置かれない限りイタリア詩が花咲かないことを私に告げていた。夢にせよ空想にせよ、それは技法であり、感情であり、論理であり、同時に感覚であった。それらがみな一体となって客観のうちに命を獲得しない限り、何の意味も持たないのだ——そしてそれらを自分が歌う言葉のうちに客観化するのが詩人なのだ。したがって、私たち自身よりもいっそう深く私たちの作品のほうを信じることが、そして私たちの内面の世界によってではなく、私たちの作品によって、どうしようもなく私たちが規制されてしまうと感じることが、追憶のなかから、明晰な介入を呼び覚ますであろう。事物は、このような条件のもとにのみ、私たちの空想を駆りたて、それぞれの在るべき場所に繋ぎとめられ、私たちにとって唯一の重要な深みを、すなわち時間の深みを、獲《か》ち取るのだ。そして私たちは——このようにすでに私たちから切り離され、このように隔てられながらも——事物の孕む慎ましい姿に目を見張ってしまう。そして事物は、言うなれば、私たちを夢見させるのだ。ただし、それは目を見張って見る夢ではあるが。

《ドストエフスキーのなかには一つの迷妄があって、それが嵩じてゆき作家としての強力な眩暈を経て群衆になる、と一九二二年に書いたとき、私は確かに誤りを犯していた。群衆は現実に存在していたのだ。それは迷妄ではなく、心の痛みから生じたもの――地獄の苦しみ――であった。それは群衆であり、同時に個々の人間としての姿を与えられていた――各人が生きているという意味において――彼らのしたことや、したいと思ったことのためではなく、したいと夢見たことのゆえに、その姿は与えられたのだ――そして夢見たという言葉は、ここでは文字どおりに解釈されなければならない。すなわち、眠りの状態のうちに現われたのと同じであったという意味においてであり、言うなれば、それは生まれながらの盲人が、世界についてのヴィジョンを語ろうとして物語ったものと同じである。そしてあれらの小説のなかで、しばしば神聖なものが、神が、語られるとすれば、要するにそれは命への恐れであり、神聖な感覚と等価値にある無の感覚が問題になっているのだ。それはまた、恐ろしい神話のうちに象《かたど》られた人間の感覚のことであり、そういう神話の枠組のなかにおいて個人はそれぞれの固定観念を担った悩める恐ろしげな群衆として以外には何者からも区別できないのだ。》

それにしても、このすぐ後に、おそらく二、三年も経っていなかったであろう、私の内心を検討してゆく姿勢は激しく苦しい性格を帯びざるを得なかった。不安、困惑、懊悩、これらがひとりの詩人の魂を、「ピエタへの讃歌」の詩人の魂を、そのころ果てしなく揺り動かしていたからである。

もはや神秘の感覚を明らかにするための手段として尺度を知ることなど問題とはならなくなり、一つの言語の危機を前にして、言語の老衰を前にして、すなわち、一つの文明に迫り来る崩壊を前にして、詩人は怯えた目を見張らざるをえなかった――歴史の核心に残された希望の可能性を、すなわち言葉の孕む価値のなかにそれを求めることが、問題になっていた。

これに対しては、イタリアの各地で行なった、いやヨーロッパのほぼ全土で行なった講演のなかで、つぎのような見解を、私は結論に代えて述べている。そしてこのなかの私の関心はもっぱらイタリア詩およびヨーロッパ詩の史的展開を論ずることにあった。

《ガリレーオは言う、「私たちが想像するものは、かつて見たことのある事物の一つか、あるいはそれらの事物の合成物か、あるいは別の機会に見た事物の一部でしかありえない。そうやって生み出されたものなのだ、スピンクスも、セイレーンも、キマイラも、ケンタウロスも……」

《この人文主義者が追憶をいかに重視したかは知られていよう。彼は、おのれの時代のなかにあって、安定した形式美の規範をすでにいくつか選び取っていたのである。もっても一六〇〇年代がガリレーオの示すように追憶についての科学的概念をすでに持っていて、形式のなかに大きな変革を惹き起こし、激しい表現の世紀であったとすれば、まさに追憶と空想との一致のうちに空想の行き過ぎを見出していたのである。なぜなら、打ち砕かれた規範を繋ぎ合わせて、そこから新しい形態が、しかも古典主義の精神によって等しく鍛えられた形態が、生みだされてしまうであろうから。

《一八〇〇年代の初めになると、追憶はまったく別の様相をとる。すなわち、ロマン主義者は文献学を信奉して、たとえ完璧な形態を与えられたものであっても、絶対的なものを決して信じなかったし、信じようともしなかった。もう少し正確に説明してみよう。たとえば、『アエネーイス』の時代錯誤についてレオパルディの語った言葉を思い出してみるがよい。ウェルギリウスに向けられたレオパルディの非難は、このローマの詩人がしばしば自分の登場人物にホメーロス的英雄の精神を与えてしまった点にある。これは『瞑想集』のなかでも最も教訓的な個所だ。レオパルディはホメーロスの時代の人間とアウグストゥスの世紀の人間との意識の差を明確に指摘した最初の偉大な思想家の一人である。しかし真の発見はそこにあるのではない。彼は、感覚の二つの時点を示しながら、これら二つの意識の状態のあいだに、移りゆく反映として、流れゆく象徴として、あるいは人間の心理の鏡として、時間の一片を取り出してみせた。

《時間の概念はすでに魂の歴史として、あるいは一つの魂の歴史として、ここでは与えられてしまっている――そういう意味範囲のなかで、ロマン主義は発展してゆくことになるであろう。

《レオパルディとともに、時間は点となる。動いてゆく目印の点、それは決然として論争の場に持ちこまれた相関性であり、善や悪をめぐる倫理的相関性であり、美や醜をめぐる美学的相関性だ。

《もしもレオパルディの文体論を古典的と呼びうるならば――おそらくそう呼んでもよいであろう、それは彼がみずから唱えた名称でもあったから――またもしも彼がダンテ以前の詩人たちから、ダンテ自身、ペトラルカを経て、一六〇〇年代の詩人たち、さらには一八〇〇年代までに至る大多数のイタリア詩人たちに親しまれてきた、隠喩の形態を避けたとすれば、そしてまたもしも事物につきまとう色彩を利用して自分の感覚の色調だけで事物を描写したとすれば、彼の詩は時代錯誤的なものとなり、彼自身が忌み嫌う欠点を身につけてしまったであろう――そしてもしもあの彼の感覚の色調がなかったならば、いったい何なのか、ロマン主義の精神とは。私は単にレッテルを貼るだけのような怠惰な問を発しているのではない。レオパルディが過去のすぐれた詩人たちと親しく心を分かちあってきたことを、私は充分に承知しているつもりだ。そして古典主義とはそれ以外の何ものでもない。しかし、敢えて言うが、レオパルディは自分の作品のなかで、ロマン派の経験を予測し、ある意味では対立しながら、それを汲み尽くしてしまった。しかしロマン主義とは――レオパルディはもちろん、そしてゲーテにおいてもすでにそうであったが――自然と追憶とのあいだの戦いに大きな特徴を持っているのであり、そのことを驚愕とともに、またときにはそれに媚び諂《へつら》いながら、自覚してきたはずだ。

《ロマン主義とともに無垢の渇きがまた現われる。

《それは機械文明に対抗して生じたのか？　確かに異端が出現して、古い韻律を一挙に疲弊させ、それらはもはや虚偽のひびきしか奏でず、詩想は折にふれておのれの構図を作りださねばならなくなった。その結果、詩作はいつ果てるともなくつづき、たちまちに虚偽の韻律をひびかせ、人はひたすら形式を思い患い、もはや詩想以外のものには価値をおこうとしなくなった。

《それでは、私たちにロマン派の苦悶を説き明かそうとするこの機械文明とは、追憶をめぐる最大の仕掛けでなければ、いったい何なのか？　それでは、個人と社会との矛盾を極端に押し詰め、耐えがたいものとしたのは、追憶ではないのか？　戦争を生みだし、そのあとに矢継ぎ早に生じたこれらの危機を生みだしてきたのは、追憶ではないのか？　機械文明こそは弁証法の落とし子だ。それはいかにもヘーゲルの世紀に生まれた。それは追憶であると同時に、みごとに、追憶の対立物だ。存在の内なる大きなこの裂け目を癒すことのできない困難さから、不都合は生じてくる。レオパルディにあっては、現実から神秘を取り去ってしまったがゆえに、恐ろしいものと化してしまった真実のヴィジョンを、人は見つめるのだ。この考えを逆転させれば、真実なるものなどもはや存在しなくなって、ニーチェの主張はすべて正当なものになるであろう。機械文明は人間の苦しみをこの両極のあいだに置いた。そして善良な意志の現代人はみな、苦しみながら真実と神秘との和解を願いつづけなければならないであろう。

《今日の詩人は、それゆえまず第一に、韻律を再び身につけようと心を砕いてきた。だが、それを再び身につけようとすると、形式の重要性を認識してしまうのだ。無垢を目覚めさせんがために、彼は追憶を否定することがなかった。彼は最も古くして、かつ永遠なる詩句に、耳を傾けた。なぜならば、それが一つの言語の運命そのものを表わしているから。一行の詩句は、言語という肉体のうちに死をもたらさずにはおのれの姿を変えられなかった。しかしながら、その言語の命は一日のものではなく、幾世紀かのものになった。それにしても現代の詩人は一行の詩句のあらゆる瞬間のうちに、その韻律がついに古い埃から解き放たれるに至ったあまりにも激しい密度と沈黙とを、封じこめてきた。このようにして詩人は、一行の詩句のうちにその足音を、早鐘のような鼓動を、ひそめた息づかいを聞きとってきた。すなわちその韻律を、その自然を、感じとってきたのである。とすれば、一行の詩句のうちにおける韻律とは、いったい何なのか？　それは踊りながらも魂の叫び声につきまとう肉体の亡霊なのだ。こうして詩人は改めてまた詩的調和を学びとったのであり、それは規定不可能であるがゆえの模倣の調和ではなく、肉体と精神との全存在をかけて言葉の奥底で私たちを突き動かす、あの秘密に属するものなのだ。

《こうして詩人は機械や追憶よりも、いっそう人間的であり、いっそう少なくロマン的な、一つの概念を生みだすことになった。機械が彼の関心を引いたのは、まさにそのうちに韻律を秘めていたからである。すなわち、それは人間が自然の神秘から抽きだした尺度の発展であり――そしてそれは人間がまさに無垢を失った場所から抽きだしたものなのである。機械とは一切の最小部分が全体としての秩序に服従するべく厳密な理論のうちに形成された物質なのである。換言すれば、それは一千年もの歳月をかけて連綿と調整された営為の結果であり、決して混沌の物質ではない。その美しい感覚のうちには、知性の歩みが隠されている。こうして、詩句を扱ううちに、微妙な結節を動かすことを学びながら、至高の機械という非物質的な梃子《てこ》を、イタリアの詩人は認めるに至って、まさにその韻律のうちに、父祖伝来の魂の音楽が掻き鳴らしてきた韻律を聞きとったのである――その音楽が、神秘のなかにおのれを溶かしながら、稀にみる完成の域に達したとき、詩は無垢に彩られる。

《それは自然への鋭い感覚に帰ることであった。と同時に、詩に不可欠の要素として、私たちの内部を再構成し追跡しつつ追憶の生成を引き受けてしまうという、棄てがたい認識でもあった――これこそは今日のすべての詩のなかにも見出される鋭い意識であった。

《今日の詩人は自然への鋭い感覚を持っている。詩人は最も恐ろしい歴史の展開に参加してきたし、いまもそれに参加している。ごく身近に死の恐怖と真実とを感じてきたし、いまもそれを感じている。まさに本能だけが頼りとなる瞬間が価値あることを彼は学んできた。

《そのようにして死と馴れ親しむうちに、詩人はおのれの命を終わりのない難破とみなしてしまう。彼にそのことを、難破を、反省させない事物はない。徹頭徹尾それは彼の生き方そのものであり、彼の眼差が脈絡なく落ちてゆくのは、そのような一つ一つの事物の上だ。実際、彼の生き方は、命というよりは、事物そのものだ――最初に訪れてきた事物以上に耐えうる命などない。

《事物の瞬間のなかにおのれを同化させようとしても、それはあまりにもはかない緊張であるがゆえに、二度とその尺度を想像することはできないであろう。それゆえに、事物の瞬間のなかに、詩人は永遠を摑みとらねばならなかった――そのことが彼にとっての冒険である。そしてつぎの一瞬に、事物は地獄の底から神聖な無限へと確かに飛翔してしまうのだった。

《実際、今日の人間がおのれの肉体の自由をまったくの偶然の忍従から引きださねばならなくなっているとすれば、断固たる倫理の自由に今日の詩人がおのれを向かわせていないわけはない。

《まさにそれゆえに、今日、言葉は危機のさなかから詩人によって摑みだされるのだ――また、まさにそれゆえに、詩人はおのれの言葉に苦しむのであり、言葉の強さを測るのであり、暗闇のなかで掲げるのだ、光に傷ついた言葉を。ここに彼の詩が血にまみれる理由の第一がある。言うなれば、打ち砕かれた神経と骨片とが炎のなかでゆらめき舞いあがるのにも似て、そのとき、酷い光のなかを詩的表現が夢から離れて幻暈のうちに無限の彼方へと立ち昇ってゆく。

《まさにそれゆえに、詩人の言葉は現実の仮面を剝ぎ取って、自然に尊厳を返し、自然に比類ない悲劇性を再びもたらそうとするのだ。

《まさにそれゆえに、今日の詩人は時代の申し子なのだ。

《まさにそれゆえに、今日の詩人の言葉は霊妙な感覚の次元から出発する。したがって、修辞的な次元には、係わりようもないではないか？　こうして、詩法への技術的な道程を明らかにしようとするたびに、あまりにもしばしば魂という内容を摑みだしてしまうことを、どうかお許し願いたい。それにしても両者は、それほどまでに異なった次元にあるものなのであろうか？　形態と内実は、真の詩を問題にするさいに、両者が同一であることの必要性のためにつねに互いに溶けあっているのではないか？　互いに溶けあって、同一の詩的感興を、読む者に与えるのではないか？

《詩は生まれながらにしてあくまでも綜合的な形態なのだ。そして今日、詩がおのれに立ち帰り、おのれの姿を明らかにしようとするとき、絶望のあまり一瞬のうちに人間の追憶のすべてを焼き尽くそうとするならば、詩が必要な限り、どうして綜合的な形態をとらないはずがあろうか？　人間の頼る手段が結局はつねに不幸なものであって、それが創造の息吹の憐れむべき模倣にすぎないであろうということは、充分に承知しているつもりだ。しかし、たとえ刻々として移ろいゆく歴史のなかで、あるいは詩人から詩人へと移り変わってゆくなかで、変転する修辞的手段の一覧表をつくってみても、それは私たち人間の地上における避けがたい惨めさをさらけだすものにすぎない——とすれば、時間の持続の感覚から出発して、今日の詩人が言葉の持続する要素を彼なりに強調し、単なる変化を越えて、より複雑で危険な総体を一挙に凝縮しようとするのは、おそらくそれなりの理由があるのではないか？　そうすることによって彼は、変化や持続を無に帰せしめようとしたり、変化や持続によって救いがたい危険にさらされた根源的で純粋な人間の姿を回復させようとしているのではないか？　また、そうすることによって彼は、おのれの願う力を手に入れ、変化や持続に耐えてそれに拮抗できるものに到達したいと願っているのではないか？　もしかしたら彼は、失墜の象徴にまでおのれを高めるあの一瞬に、ほかならぬ自我がおのれを癒す力を与えてくれ、その一瞬に、自嘲の極みのなかで、また人間という性質のうちに避けがたく迫ってきた老齢と頽廃と死への崩壊が呼び覚ますあの過度の謙遜と恐怖のなかで、無垢へ帰ろうと願っているのではないか？

《一八〇〇年代の前半には、強勢表現のなかで、譬喩的解釈の意味が大いに高められた――今日では、言葉はほとんど沈黙にまで引きさげられ、その群れは片々として精妙な類推に打ち砕かれ、幻想の域にまで踏みこみ、最も可能な形での類推を求めつつ、寓意の輝きを手に入れようとしている。そして心理の文《あや》のなかに幻想とも神話ともつかぬあの漠たる気配を与えようとしている。そしてまた視覚の彼方に形而上的な神聖を呼び覚ます対象の配合を探りだそうとしている。

《寓意の輝き、幻想と神話、形而上的な神聖、こういったものはみな、もしかしたら飼い馴らされた時間の、あるいはもっとはっきり言って廃棄された時間の、幻影なのではないか？　さらにまた、最もすぐれた今日の詩人たち誰もがしているように、詩の手法をすっかり改めることによって、作品の完成度を高めようとするのは、おのれの作品が持続することを願っているからではないか？　独特の美しさのなかで作品の持続することを願っているからではないか？　つまり、詩作品における最も高度な質の持続のなかで、それが永続することを願っているからではないか？　それはみな、不滅の幻影の探索というよりは、むしろ永遠への渇望なのだ。

《一つの言葉が魂の秘密のなかで沈黙の谺をひびかせる――しかし言葉こそが神秘にあふれようとするのではないか？　言葉こそがおのれの純粋な起源に驚異の目をしきりに見張ろうとするのだ。

《一八〇〇年代の特徴が汽車、橋梁、電柱、石炭、煙などで言葉の緊密な関係を打ちたてようとしたとすれば――まさにそれゆえに、今日の詩人は、電線をなくして、遠いイメージを組み合わせようとする。追憶から無垢へ、踏み越えるべき距離がどれだけあることか。それも一瞬のうちでなければならない。

《もしも遠く離れたイメージを結びつけようとするならば、それは彼が別の場所で生まれて、その後に移り住んだ土地から、いまは失われた風土へ郷愁を抱くからではないか？

《イメージとイメージの触れあいから、彼に光が生まれれば、そのときには詩が生まれているだろう。そして地獄から神へと昇りたがるこの人間にとって、そこに触れあう距離が大きければ大きいほど、生まれてくる詩は大きなものになるだろう。解きがたく豊かな未知にあふれて現われれば現われるほど、いっそう魅力的になる論理を、私たちは信じている。

《とすれば、もしや、私たちの世紀は宗教的使命の世紀ではないのであろうか？

《まさにそうなのだ。だからこそ、私たちのまわりに、私たちのなかに、かくも大きな苦しみが存在するのではないのか？

《まさにそうなのだ。だからこそ、事実、詩の使命はつねにそこにあった。

《だが、ペトラルカのあとには、日々に重く垂れこめた数世紀のなかで、詩は別の目的をおのれに課していった。けれども詩が詩となったときには、たとえおのれの意志に反しても、それはつねに宗教的なものとなった。

《今日、詩人は、たとえ詩が一つの罵倒であっても、それが神の証《あかし》であることを知っている。そしてその事実を断固として認めるであろう。

《今日、詩人が、またしても知ることになったのは、目を見ひらいて、注意ぶかく、可視のうちに不可視のものを見ることであり、またそれを見たいと願うことであった。ああ、彼は人びとの心の秘密を冒そうとはしない。個々の人間の奈落の底を過たずに読み取ることが神にのみ属することを彼は知っている。真に過去と現在と未来を知ることは神にのみ属するのだ。詩人はまた、人間の心が、いかにわがままに振舞っても、汚物に満ちた穴にすぎないことを知っている。彼はまた、人間の心のなかには弱さと不安しか見出せないことを知っている——それは、哀れな心よ、露わになったおのれを見ることの恐怖なのだ。

《父なる神が命を与えるために土塊《つちくれ》に指先を触れたという、ミケランジェロの夢のごとくに、新しい詩人は、この世に甦ってくるあの恩寵の声を、おのれの貧しい言葉のうちに聞きたいと願うのだ。まさにそれゆえに、彼は声高に叫んできた。まさにそれゆえに彼もまた涙を流してきた。》

すでに第二次世界大戦が勃発していた。時は一九四一年、私はブラジルのサンパウロにあって、大学の文理学部でイタリア文学を教えていた。そのころ、ポルトガルの有能なシュールリアリズム画家アントーニオ・ペドロに乞われて、彼の個展の開会式に、私は講演を行なった。そのときの文体についての反省は、いや、詩的表現の危機をめぐっての私の反省は、つぎのような形をとった。

《今世紀に入って、またもや、人びとはおのれの時代の尺度を克服するために、測り知れない大きな苦しみの代償を払って、彼らの子弟を地獄の戦場へと送りこんだのであるが、そのようなときに芸術にとってなおも表現手段の革新を求めて驚異の目を見張っている余裕が許されるであろうか?

《みずからの時代を規定することから、いまだ遥かに遠くありながら、二十世紀はなおも固有の言語を探し求めつつある。そして他方、今日の芸術家が拠るべき新しい規範はいまだ存在しない。ポンペーイの壁画、イースター島の彫像、黒人芸術、陶板や円盤に刻印されたプレコロンビアの象形文字。これらは、古代イーリオン、ヒッサリクの発掘現場から出土したものと、あるいは大胆な短縮法で無意味な動きを表わしながらも解剖学と透視画法の両面においては非の打ちどころがない技巧の極致とも言うべきバロック芸術の人体図と、奇妙に似かよっていた。けれども、あまりにも遠い過去と時代の変遷を経たあとの空間とが、それらに立ち向かおうとする者の眼前には、絶望や屈辱となって広がってしまうのだった。

《いったいどの時点まで私たちは記憶を喪失したと告白すべきなのか、それとも、さらに悪いことに、記憶の範囲内にある表象を前にして記憶を放棄しなければならないのであろうか？　おのれの背後に残してきたそれらの足跡の暗い理由を追い求めても、またそれらを忠実に模倣しても、私たちの一人ひとりが、おのれに固有の他者に伝えがたい秘密しか解くことができないとすれば。

《カンピドッリオの丘のディオスクーロイの騎馬像やクィリナーレ広場の騎馬像は、デ・キーリコに何ものも教えなかったのであろうか？　石像の馬の群れは血肉と化し、いまは憂愁の浜辺の孤独のうちに、調教師たちに追われて、波間へ突き進んでゆく。そして時間は？　もはや以前のように、それぞれの事物を正当な距離に配置しながら、その深みを測ることも、無限の階段を駆け登ることも、かなわなくなった。そしてすべてが唯一の平面に溶けあい、私たちに向かって落下してくる。にもかかわらず私たちには、文化が私たちに委ねてくれる言葉しか持つことができない。しかも、それは歴史の実体によってますます薄められてきた文化であり、原始の者たちの目には、太陽や月や星空のように、あるいは誕生や死のように、驚くべき奇蹟と映るものだ。

《たとえピカソのような人物に、古いカタロニアのビザンツ精神やギリシア文化の魅力を示され、激越な感情によって特異な可塑性を示唆されても、またヴィンケルマンのように博学な士のエルコラーノに関する美学論に同調しきれないでいても、またダヴィドやアングルのような芸術家の自由な形象に説得させられたり、あるいはまたセザンヌのような自然主義者の色調や量感による戯れに気をまぎらわせても、所詮、私たちは個々の経験をとおして、固有の宇宙の抒情性を再発見するしかないであろう。

《ピカソのように、非の打ちどころのない色調と厳密で優雅なアラベスクの上に築かれた純粋絵画にせよ、またデ・キーリコのように、霊感と気質と気分とに身をまかせきった物語性の強い絵画にせよ、いずれもが奇怪な要素を孕んでいて、そこに用いられている言葉が借り物になればなるほど作品は独創的なものになるであろう。なぜなら、言葉はそこでは魂の希求によって根源的なメタモルフォーシスの脅威にさらされるからだ。

《いま、私はピカソとデ・キーリコの名前を挙げたが、それは一時期において二極をなした論争の対立者として、彼らの名前がよく知られているからである。けれども私の真の意図は、過去四十年間にわたって、一向に死滅しない一つのヨーロッパをめぐって悲劇的な論争が繰り返されてきた極端なロマン主義について言及することにある。

《最初のロマン主義の人間は、かつて哲学においてはソークラテース以前の者たちに現われねばならなかったのと同様に、自然によって押し潰された詩人の側に現われた。

ごく最近のロマン主義のなかで、人間は、自然をおのれの下に置いて屈服させるべく編みだした手段に取り組んできた。すなわち、科学のめざましい進歩と、金本位の独占と、混沌とした知識とに、真向から取り組んできたが、そこに限界はなく、また確かな宗教の根ももはやなかった。

《自然の人工化を果たしたいま、人間はおのれの人間性から生み落とした怪物までも、逆に人工化しようとしている。歴史はシーシュポスの労苦でしかないのだ。

《ロマン主義が芸術家の独自性を肯定し、したがって個々の芸術家の経験が唯一のものであり、他のものとの代替が不可能であり、ウェルギリウスの牧歌は二度と繰り返されないものであり、またフランツ・ハルスの肖像画は二度と現われないものであるとするならば――そのようなロマン主義の肯定は、ほぼ二世紀にわたって人間の活動全般に対して今日まで明らかにされてきた精神の不安と、対立するものにならないであろうか？

《言っておくが、およそ倫理的判断と審美的判断とは異なった次元に属するものであり、それゆえに芸術作品が美的観点からは非難に値しても、倫理的には評価されるべきものであったり、またその逆の事態が生じうるという点は、認めねばならないであろう。けれども言っておくが、それと同様に、信条における無政府主義が、言語の社会機能を麻痺させることによって、一つの言語の当然の義務に対し甚大な損失を与えずにはおかない点も明らかにしておかねばならないであろう。

《このような言語の側の歴史的健忘症に立ち合った場合、詩人はつねに――激しく苦しんで、彼の詩には苦しみの刻印が押されるであろうが――彼の不安を言葉や輪郭や色彩や音声の魔術的交感に限定させてしまい、その交感が一切の歴史的価値から遊離して、詩的営為の源泉のなかにわだかまってしまいがちである。まさにそれゆえに、いや、ただ一つこの理由によって、過去四十年間の芸術家は、人間の内面に、森や恐怖や嵐を運びこみ、またしても彼の親しきもののなかに曙光の予感とも呼ぶべき刺激の発露を見出して、それが一貫して歴史のなかに宿命的な犠牲を継起させてきた。

《これが、個々人の特殊な証のなかに表われる一つの時代の、全体としての証とも称すべき文体が存在しえない、という認識であった。そしてたとえ否定によっても、また讃嘆によっても、この世界に倫理的統一性と文化的統一性とは決してもたらされないのだ。それゆえ、個々人の努力が、外面的には、さまざまな文体の合成として価値を持つことがあっても、そこには個人という地獄の苦悩の発露だけが刻印されることになってしまうのであった。

《いまや私が文体に与えようとしている意味を理解していただけるものと信じている。

古代エジプト人はファラオンの相貌を再現し、彼らが手に入れられる最も壊れにくい物質のうちにその名前を刻みこんで、地中深くミイラを埋葬した。岩を穿って、花崗岩の巨大な塊をつぎつぎに積みあげ、まさに小山のごとき、外部からは侵入しがたい墳墓を造りあげた。彼らはこの地上に王の名前にまつわるものが存続しつづける限り彼らの王の霊魂が生き延びるであろうと信じた。やがて時を経て、この地上から姿を消した王の追憶をしのばせる人為的なものがみな失われ、王の名前の証が破壊し尽くされたとき、まさにそのときになって初めて、彼は永遠に、滅びたことになるのであった。このような考え方には一面の真理がある。これは後にプラトーンの追想のなかにふたたび現われて、そこから永遠の諸形態が演繹され、そのときにはよりいっそう人間的なものとなる。そしてこの考えの上に神政国家の一千年にわたる発展の基礎が築かれることになるのだが、それにしても詩人たる者がこのようにあちこちから切り取った年代記流のものを援用することを、どうかお許しいただきたい。ともあれ、この考えの上に、根源的な変貌を継起させながらも、君主政体の名前をそれぞれに不滅なものにしたいという願いをこめながら、神政国家の基礎が築かれたのである。このような社会には、これ以外の原理も、これ以外の野望も、これ以外の目的もあるはずがなかった。こうして、職人の技能を絶えまなく磨きあげるために、あらゆる職業が父から子へと受け継がれていった。それはあまりにも伝統的な象徴の世界であり、あまりにも画一的な霊感の世界であったがゆえに、芸能の手腕さえもが継承しうるものと思いこむに至ったのだ。このような継承を、とりわけ純粋に保とうとするならば、同族間での婚姻によってこれを確保するしかないはずであり、もしも王朝に男子と女子とが恵まれれば、兄妹の姦淫によってこれを確保するはずであった。エジプトの遺跡の前に立つたびに、私は全身が恐怖で凍りつく思いを感じてきた。

《にもかかわらず、カイロの博物館で見た黄金の彫像も、おずおずと両手をあげてやさしく影を呼び止めようとする少女の像も、また私の記憶に間違いがなければサッカーラで見た、まさに吹く風を横切って飛ぶ小鳥たちの線画も、あるいはまたこの種の技法を無限に受け継いできたその他の作品も、紛うことのない個性の感動をそこに刻印しているのであり、普遍的な活きいきとした証を留めているのであった。それは、またもや、決定的な不和のなかにおいて、不吉で受け容れがたい様式〔詩における文体〕ではあっても、なおかつ何らかの様式であることを正当化し雄弁に物語ってしまうのであった。それらの作品はみな何らかの様式〔もしくは文体〕をあがなう証を蔵していた。なぜなら、一切の苦しみを乗り越えてしまえば、それはおのれを解き放って個々の魂の深みへと達するような証であったから。

《それこそは、ロマン主義が真実を嗅ぎ取った場所にほかならなかった。感動とは情愛のなかにある。しかし、芸術においては、純粋に美的な喜びをとおしてしか、それは私たちには達しないのだ。偶像崇拝が地に堕ちたとき、パルテノンの飾り壁は魅惑的であることを止めたであろうか、あるいは私たちキリスト教徒の感覚を刺激しなくなったであろうか？

《一七〇〇年代に入って、様式や文体が軽薄なサロンに押しこめられたとき、それはもはや擦り切れた教養と当意即妙のか細い糸とを綯《な》い交ぜにして、苛立たしげに粗野な愛に打ちのめされ、苦しみ悶えるヴェールを織りあげた。

《エジプトの職人の手を導いた神秘的な悩み、そしてカザノーヴァと同時代の細密画や版画などの性描写を正当化しようとする断ち切られんばかりのか細い社会的絆、それらはいずれもロマン主義との接点の局限を示すものとして、私たちの興味を引かずにはおかない。私たちはいま、その極限を越えて、外側へ落ちてしまっているのであるが。ただし、人間の孤独という主題は、自己の存在の盲目性のうちに失われた宇宙の歴史に伴われることによって、およそ芸術家の名に値する現代の作家たちには、つねに関心の的になってきた。デ・キーリコにおける諧謔と物語性に富んだ主題も、またピカソにおける悲劇的で謎めいた主題も、その例外ではない。おそらく芸術家は様式や文体を社会との合一性の証として時代から要請されるのではなく、まったく個人的な証として、またそれゆえに象徴的な証としてのみ、受け容れるにちがいない。だからこそ、そのなかに、おのれの意識の輪郭がはっきりと写しだされるのであり、またそれゆえに、人間の自由と抑えがたい自立性の証としてのみ、それを受け容れるにちがいない。他方、芸術家がまったくの個人的な証のためにのみ作品を生みださねばならないとしたら、たとえ、神の恵みによって、詩の息吹が彼の労苦をつねにあがなうとしても、これにまさる苦痛はないであろう。そしてそれこそはつねに、より真実な様式や文体の出発点になるであろう。今日の芸術家にとって、繰り返して言うが、これに無関心であるということはあり得たし、美的見地からは無関心であることが必要でさえあった。なぜなら、人びとが救いを求め、芸術の規範は何よりも特定の時代に属するかにみえたからだ。けれども、そのことは技法の観点からのみ規範に向かわざるを得ないという現象を減ずるものではなかった、たとえ詩的資質が高い場合であっても。たとえば、ゴシック建築の大伽藍が暗黙のうちに確立してしまう集団的な生活秩序に対して詩人が心の底で反対意見を抱いてしまったときのように。だが小説は別にしても、造形芸術において、規範に忠実な大多数の者たちは、同時代の芸術の純粋な美を、果たして理解することができたのであろうか？　そして、ある面から見れば、ゴシック芸術もエジプト芸術と同様に、嫌うべきものでないのではないか？　詩の芸術においても、倫理的な美が、すなわち至高のものが、必ずしもつねに自由に追求できたわけではないし、必ずしもつねにめざましい完成の域に達したわけでもなく、韻律の純粋さによってしかそれは示されなかったのだ。そこには自発性を欠くという重大な欠点があったし、そこでは必ずしもつねに互いの条件が呼応していたわけでもない。要するに、当時は信ずるところが同じであったにせよ、今日ではそれを表わす言語が混乱を招いているのだ。

《しかし落胆するには及ばない。思い返せば、危機を孕んだ過渡期には、『神曲』のごとき至高の作品が後世に向かって生みだされるからだ。思い返すがよい、もしもダンテが出なければ、ペトラルカもボッカッチョもルネサンスの開幕を告げることはできなかったであろう。現代社会が達成した綜合的な時代精神と芸術家の作品とのあいだに緊密な接触を許す文体の関係性が欠落したときには、しかしながら、少なくとも彼が自己の確立をはかって、統一した文体を明確に措定しつつ、おのれの作品のうちに、それを少しずつ引きだせるかもしれないという気休めは、まず持てないであろう。ましてや、芸術という限られた地平において、おのれの個性の肯定に不可欠の、狭隘な論争という死点のなかでしか、不幸にして、不安定なその概念を明確にできないかぎりは。》

一九四一年における私の反省はおおむね以上のごときものであった。それをいまは、リスボンで出版された『ヴァリアンテ』誌の一九四二年春季号から、抜き書きしてみた。なお、原文はポルトガル語で発表したものである。

私の講演はまったく奇妙な形で私の脳裡に浮かんできたのであった。現代芸術の試みがもしかしたら芸術の目的や限界を越えていないのではないか、という異論に私はつきまとわれてきた。ついで、そのような試みがあの時期に考慮に値する最も重要な数少ないものなのではないか、という思いに驚かされていた。私は自問自答しては、その理由を並べていった。すでに花とひらいた芸術の種類は無限であり、芸術においては目的を――美的目的を――そして同時に倫理的かつ情熱的な目的を――破壊せずには、その種のアカデミックな規定に耐えることは出来なかったのだ。もしも芸術が、あの与えられた時期に、あれと同じ種類のものになったならば、人類の才能が、おのれの時代の秘密を明確に表現せざるをえないことによって、他の規定ではなく、まさにあの規定のなかに、おのれ自身の内なるものを見出したであろう。人類の才能はその意味と価値とを発見する自由を持ちながら、なおかつ必ずしも時代に縛られているわけではない。このような反省を進めていたとき、たまたま、私は一冊の本を手にして、ドン・ディニス(71)の田園詩《パストレッラ》を読んだのであった。

美しい姿の羊飼いの女が
心親しい男を思って
悲しみに暮れていた、何しろわたしは
この目で見たので、あなたに言えるのだ。

彼女が片手に止まらせた
鸚鵡《おうむ》は落着きなく羽ばたいて、
けたたましく鳴きたてた
いまこそ夏が来るのだから……

それで彼女が言った《ああ聖母《サンタ》マリーアさま！
あたしの身はどうなるのでしょう？》
すると鸚鵡が話した、《良さそうですよ、
わたしの見る限りでは、奥さま》

みごとな応答のこの田園詩は、私の心に奇妙な連想を働かせた。

私は独りごちた。ポルトガルの詩の生みの母ともいうべきプロヴァンスの詩のなかでも、またこの種の歌に関してはプロヴァンスの詩がその娘であるともいうべきアラブの詩のなかでも、鷹しか、話をする鷹しか、私はお目にかかったことがなかった。この点についての私の無知は、いずれの日か、博識な言語学者によって明らかにされるかもしれない。それでも、事態の核心は同じ点に留まるであろう。私は独りごちた。実際、十四世紀の大胆なポルトガル詩人が、言葉を話す生き物である、怪しげな、鸚鵡を、鷹と入れ代えたときから、にわかに、どれだけの真実が物語のなかから失われていったことか。いまでは、さらに怪しげなものの前に、私たちはさらされているのだ。いまでは、レコードさえ言葉を話すのだから。この詩のなかでは、夏のイメージも私の心を捉えた。《悲しみなさるな、奥さま。お友だちは来ますよ、夏はもう見えているから。》

ここに手腕がある、と私はさらに独りごちた。人を驚かす手腕、《不意を衝く》ことを身上とする手腕が。にもかかわらず、意表を衝いた真実の発見者のなかに、暖かい人間的な口調が窺える。

もう一つの証は、『エルサレム解放』の詩句のなかに、怪異な鳥となって、ふたたび姿を見せるであろう。ドン・ディニスの大胆な詩句と拮抗できるものとして、他にどのような詩人の名が掲げられようか？
アルミーダの楽園の魅惑に囲まれて、《妙なる音楽》が描きだされ、そこにつぎの詩句が添えられる。

愛らしい小鳥たちが緑の茂みのあいだに

……………………………………………………

飛び交うなかに一羽、翼は色とりどりの
染めわけ模様、その嘴《くちばし》は緋色に光り、
その大きな舌がしきりに見えて、囀る
その声は、いかにも、人の語るにも似て。
と、そのとき、いかにも巧みに
話しだす声がした、驚くべき妖怪だった。
他の鳥たちはみな口をつぐんで聞いた、
そして空には風の囁きも絶えた。(72)

ガリレーオにはタッソがよほど気に喰わなかったらしく、つぎのように不満を述べている。《この小鳥の描写ほど衒学的なものはない。緋色の嘴、大きな舌、そして鳴きだした声。何もかも三流画家の絵筆になるものだ。》《それでも地球は動く》と言った明敏な人物が、言葉もまた動いてきていることに気づかなかったのは、奇妙と言うしかない。すでにカモンイスに先立って、タッソの言葉は冒険の気配を張らせ、大西洋の風に帆をいっぱいに張っている。けれども、真実は言っておかねばならない。最後の一行、

そして空には風の囁きも絶えた。

を除けば、この八行韻詩の出来栄えは、どちらかと言えば芳しくない。けれども、そのすぐ後に、恐るべき八行韻詩が続く。そしてここに至れば、詩を感じる者ならば誰しも、まさに《驚くべき妖怪》と呼ぶのにふさわしい、奇蹟の手腕に、はたと立ち止まるであろう。

——ああ見よ、と彼は唄った、あの緑のなかから
羞じらう乙女となって薔薇がほころびるのを、

まだ半ば現われ、半ばは隠れて、
その姿を見せぬだけ、その美しさは優る。
と、たちまちに胸も露わに惜しげもなくおのれを
ひらいて、たちまちに奪《やつ》れ、もはや思えない、
もはや思えない、あれほどまでに多くの乙女たちに、
多くの恋人たちに、かつて慕われたものだとは。(73)

この《驚くべき妖怪》は、その朝、バロックの芸術のことも、私に思い出させた。タッソを思い返すにつけ、これをほとんど罪あるものとして、つまり、仕合わせな原罪に係わるものとして、現代詩の探究に結びつけずにはいられなかった。ヨーロッパの詩は、事実、あのころあまりにも作為に満ちた、喜ばしくも遥かな、しかも現実的な、一つの色調に塗り潰されていたので、あの驚嘆すべき《驚くべき妖怪》は、ある意味で、その秘密の掟になったのであった。タッソは充分に感じ取っていたのだ、彼の時代が展開しつつあった経験を、ほどいてゆくはずのあの苦い味わいを。そしてまた充分に心得ていたのだ、どのようにして人類の経験の一つ一つがつぎの時代の新しさのなかへ消えてゆくかを。

……たちまちに窶れ、もはや思えない、
もはや思えない、あれほどまでに多くの乙女たちに、
多くの恋人たちに、かつて慕われたものだとは。

ともあれ、長い年月のあいだ、彼の詩が世界に撒きちらしてきたあの新しい感覚の驚きから抜け切れずに、バロック芸術は、この世において、奔放な驚嘆を妖怪と呼んでしまう。しかもこの言葉に、ほとんどラテンふうの驚異の意味合いを、つまり、事物の神秘的な性質から発散する意味合いを、取り入れてしまう。そして世人の関心を呼び覚まし、注目を集めつつ、一つの真実を明るみにもたらすことによって、これを掲げるとともに同時代の証にしたのであった。類似の語源的価値によって、また同じように苦しめられたことによって、ペトラルカはこれをラウラと名づけたのである。

女たちのなかでも滅多にいない至高の妖怪(74)！

思念の糸をたぐってゆくうちに、その朝、三つめの連想に私はたどりついた。

あるとき、アルゼンチンの荒野のなかへ私は入りこんだことがあった。それはリオ・ドゥルチェとサラード川に挟まれた、エステーロのサンチァゴの近くだった。二つの流れは絶えまなく川床の形を変え、それらが吐きだす泥土はしだいに堆《うずたか》くなって、それを一方の岸に積みあげては、新しい斜面を形成していた。そのときだった、自動車道路の行手を、一匹の怯えた小動物が横切ったのは。「待て」と、同行していた民族学者のワーグナーが私に言った。「小動物が逃げてゆく後には蛇がやって来る。」それから、つけ加えて言った。「蛇が何匹も出てきたら、雨が来るしらせだ。」なおしばらくのあいだ私たちはその場に車を止めていた。あのときの荒涼たる原野に繰り広げられた光景は、私の記憶に長く灼きついている。一人の男が粗末な小屋から出てきた。ぼろぼろのズボンしか身につけていなかった。男の小屋は、丸太とブリキの切れ端で、辛うじて雨露を防ぐ程度に接ぎ合わされていた。彼は両腕に葬儀用の壺を抱えていた。一体の遺骸が中に入っていた。それにしても、どうやって、あのように狭い壺のなかに、遺骸を押しこめることが出来たのであろうか。それはとうに人間の形を失って、魚の骨か何かのようになっていた。その壺を仔細に見ると、装飾が施してあった。その紋様が握り合う二つの手を図形化したものであることは容易にわかった。奇妙だ、ほんとうに奇妙と言うしかないのだが、その紋様はのちに将官の帽子につけられることになったものである。

その男は、あたりの地面に散らばっていた他の壺を私に指さした。いずれも昔の原住民の墳墓から彼が掘り出したものだった。よく見ると、掌に一眼をつけた片手がある。思うに、それは人間の最初の詩的構図であり、呼び交わす合図よりも古い、イメージの図案、と呼んでよいものかもしれない。他の装飾としては、人間の肖像に蛇の頭をつけて翼を生やしたもの、爬虫類の通った跡や輝く光のようなもの、あるいは女の涙や雨の雫に似たものなどがあって、いずれも移りゆく季節の決定的な一瞬を固定させようとしたものにちがいなかった。あの小動物が不安そうに逃げ去ったときの、ワーグナーの言葉を、私は繰り返し頭に思い浮かべた。あの図案や装飾はいずれも、過ぎ去った時代の闇夜のなかで、一瞬、脳裡に花とひらいたものの形を漠として追い求めながら、その驚愕をいまに留めようとしたものではなかったのか。あるいは、婚礼の儀式を暗示するものではなかったのだろうか。あるいはまた……

あたりには、埃にまみれて、数本の燈台草とサボテンの木が生えていた。なかでも、大きく枝を張った樹木のあいだに、共同住宅に似た奇妙な恰好の巣がぶらさがっていた。私は好奇心にかられ、いささか不謹慎にも、指先で押して、それを揺らしてみた。すると、二十個ほどの巣から、亡霊のような叫び声をあげて、百羽に近い鸚鵡が飛び立って、まるで万国旗がはためくみたいに、空を一面に覆った。

そうだ、時代は異なり人格は異なっても、芸術家はつねに命ある者に共通な本能を表現しようとつとめてきたのだ。それは飢えや、欲望であり、つねに変わることのない保存の本能であると同時に、忌まわしい破壊の本能でもあった。しかし、芸術家はまた、生きる理由と同時に、生きる目的をも知ろうとして、宗教の必要も表現しようとつとめてきた。彼はまた、おのれがすべての死者たちと繋がっていることも、そしてこの世から姿を消してしまった者たちばかりでなく、暗闇の時代の彼方に広がる宇宙の現実と繋がっている自分をも、描きだそうとつとめてきた。さらにまた、荒涼たる自然が人間へ差し伸べてくる不安に満ちた喜びさえも、表現しようとつとめてきた。そしてこのように思いをめぐらしながら、私はこの見棄てられた土地の骨壺の発掘者の言葉に耳を傾けていた。

エジプトのように、閉ざされた階級社会にあっては、人類の進歩はとうてい望みえない。それゆえ、もしも数千年の苦しみの歳月の果てにすべての人間の平等と尊厳とを説く『福音書』が用意されたとすれば、人間の自由のなかに諸種の関係性を築きあげながら、さらにその後に続いた数百年の苦しみの歳月によって、人間の尊厳の自由を各人に保証する経済的安全性さえついに確立しえないなどという事態が、どうして生じ得ようか？　今日の世界においてもしも働くことが合理的に組織されていれば、地上の住民はことごとくすでに快適な生活を享受していたはずである。美的な喜びは、多くの他の喜びと同様に、いまだ一つの特権に留まっている。なぜならば現状においては、物質的かつ教育的な手段の欠如のために、必ずしもすべての人間がこれに参画することを許されていないからだ。人類の遺産をより豊かなものとするためにこそ続けてゆくべき探究のなかで、立ち止まらなければならないのは、ひとり芸術だけでなく、科学だけでもなく、文化だけでもなく、この社会こそが、よりいっそう人間のために可能な用意を整えなければならない。芸術家が、もしも真の芸術家であるならば、おのれの芸術が同じ人間にとって異常な作品に見えるほど、おのれの言葉が多数の人間たちに読解不可能に留まってしまう苦しみを、感じないではいられない。それゆえに彼の芸術は、かくも不当な非力に、傷つきかつ血にまみれている。

私は考えていた——一九一九年以来、と言っても、それに先立つ五年間に詩集『難破の喜び』はもう出来あがっていた——私の考えは半ば進んでいた——半ば、と言うのは、率直に告白して、瀆神の行為になるのではないかと恐れていたからだ——ともあれ私は考えていた、神秘の人間的な萌芽が必要で機械的で対立する概念としての合理性にあるのではないか、と。その意味では、たぶんジャック・リヴィエールよりもパスカルの思考のほうに遠くないのではないか。このような見地から、私は現実理解の別の方法へ目を向けようとしていた。すなわち、現実は何にも増して崇高な活力のなかで、つまり神秘のさなかにおいて、鋭く知感されるのだから、どのような方法をもってしても計測が許されないというよりは、むしろ理性のなかに絶対的に閉じこめられているのではないか。だからこそ真実は計測の彼方にあるのだ。現実ではなくて、神秘が計測不可能なのだ。初めのうち、このような私の確信は、表現技術としての詩法を新古典主義から出発させた他の詩人たちの確信と、並行して押し進められていった。それは、当時のイタリア文学およびヨーロッパ文学がもつ共通の詩的風土であり、それゆえに当時の私たちが十九世紀の大詩人、すなわちフォスコロに、あるいはレオパルディに近づいていったとしても、むしろ当然の帰結であった。

たしかに、無知な者として、私たちはレオパルディの立場を考えようとしていたのだ。そしてすぐに、そのことに私は気づかされた。それは『喜び』の時期から承知していたことでもあった。けれどもそれは、言うなれば歴史的に避けて通ることのできない、束の間の迷妄にすぎなかった。それほどまでに、当時は、宿命的な避けがたいものとして、詩人の前に詩法上の困難が待ち構えていたし、詩人はみなこの難問を解くことに専心しないわけにはいかなかった。要するに、それは大きな試練であった。そして詩集『時の感覚』は、たぶんこの結論を一つに絞っていかねばならなかった過程で、ほとんどそのまま、そこから取りだされたのであった。

すぐに過去の規範を尊ぶ決意がどれほど危険なものであるかに私は気づいた。ヴォージェラやデカルトから、もっと始末の悪い、ヴォルテールから後代へと、過去の規範がフランス詩を不毛なアカデミズムのなかへ解消していった危険が、どれほど胚胎していたことか――しかし、それにもかかわらず、過去の規範がつねにフランス詩を甦らせ、それを救いだしてきたのだ。ただし、奇蹟を介して。

私はまた別の詩的探究へと移った。しかし心のなかにはしっかりと刻みつけられていた。芸術においては、何よりも忍耐が大切であり、伝統が大切である、と――そして実際に重要なのは、奇蹟だけである、と。芸術家のなかには、自然を重視する者と、逆に生まれつき知性に価値をおきたがる者とがいる。しかし、結局は、そのいずれもが重要ではなかった。ましてや前者が数百年来、東洋に向かう潮流であって、後者がそれに引き換え西洋に足場を据えるものである、などと指摘することもさして重要とは思えなかった。私が身をもって学んだ大切な一事は、いかなる場合においても、奇蹟なしには詩が存在しえない、ということである。

こうして、『時の感覚』に終止符を打って、いや、さらにそれよりも後になって、私は言葉がなぜ神聖な価値をもつのかを感じ取り、かつ理解するようになった。そしてこの神聖な価値は、『時の感覚』に終止符を打って私たちの時代にひとりの詩人の相貌を浮かびあがらせるために、どうしても克服しなければならない技術的な困難から出ているのだった。

このような困難、技術的な困難は、ある面ではまさに啓示のごときものとなって、私を最も新しい詩人へと向かわせ、今日、このような狂気の沙汰にも等しい問題に苦しむ人間などほかにいないのではないか、という疑いさえ抱かせた。すなわち、それは言語の解体の問題であって、より正確には、言葉の詩的統一の永遠性を探究する営為であった。

これは、レオパルディの詩作品の注解を再開したときに、易やすと私のうちに甦ってきた。詩集『喜び』の感覚は、その詩的価値はどうであっても、まさに詩的行為であり、自由の行為であった。そして自由のなかでのみ、詩は存在するのだ。こうして、『喜び』の感覚が私のうちに甦ってきて、私のうちに明確な確信を築きあげた。すなわち、《神》の概念を与える詩的行為なくして、私たちに自由の概念はありえないのだ。

人間がおのれの地上の局面のなかで用いる言語に、果たして啓示は内含しうるか？

つまり、言語にとって歴史的経験の枠を乗り越えることは可能か？　これが歴史的回帰と循環の論理を駆使してヴィーコがおのれに課した問題である。しかもそのとき彼は人間がおのれのなすことしか知りえないと断言した。

それから一世紀を経て、同じ問題がレオパルディのうちに立ち帰ってくる。それは時代が要請した重要な問題でもあった。だが、レオパルディは、ドイツ・ロマン派が問題にしたのと同じ方法は取らなかった。すなわち、混沌に訴えたのではなく、混沌から取り出す形態を願ったわけでもない。そうではなくてレオパルディは、人間の精神のうちに一つの裂け目が生じたことに着目し、明確にそれと立ち向かった、現代詩に達する以前の唯一のイタリア人であった。時間と空間という枠の内側に人間の条件を受け容れること、換言すれば、物質と論理の限界のうちに人間を捉え返すこと、それはいまや生まれながらに人間が抱く自由と詩への願望にどうしても矛盾してしまうことが明らかになった。

周知のように、レオパルディの考え方と感じ方をめぐって、『調停者《コンチリアトーレ》』誌に拠ったロマン派の作家たちのあいだに論争がもたれたあとで、とりわけルドヴィーコ・ディ・ブレーメのそれが生みだした反論や指摘がなされたあとで、レオパルディの《カンツォーネ》すなわち初期レオパルディの詩作品における持続の価値はいかなる優位を保ったのであろうか。この持続はヴィーコが歴史的時間の解釈のなかで取りあげた問題であり、またヴィーコより二世紀後に、心理的時間の解釈を援用してベルクソンが取りあげた問題でもある。レオパルディはみずからに問いかける——もはや過去が潰えた時間としてしか、死滅した時間としてしか存在しないとすれば——私たちはもはや私たちという存在の現実性を呼び覚ますのに、それを動かすために、追憶の力に頼らなければならないほど、追いつめられてしまっているのではないか。私たちの現実性は、私たちの文明にとって、私たちの言葉にとって、それでは、あまりにも極限の地点にまで達してしまったので、いまではあまりにも易やすとその両極に、すなわち誕生と死のなかに、閉じこめられてしまっているのではないか？　もしかしたらそれは、すでに塵埃に、無に、帰してしまっているのではないか？　すでにそれは、冷えびえとして、柩のなかに、横たわっているのではないか？　もはや私たちはその激しいうねりを知ることができなくなっているのではないか？　それは追憶の喚起によってしか、あるいは類推のイメージによってしか、そして言語という優雅な手段に訴えることによってしか、動かせなくなっているのではないか？

このような苦しみが、多少の外面的な相違はあれ、レオパルディの詩的言語のなかで反省された事柄である。ここでは二、三の例を挙げるに留めておこう。このような持続の価値を彼は対立するイメージのなかに浮き立たせようとする。すなわち、苦悩の時間に対置された勇壮な時間、乾いた沈黙に対置された躍動の引き裂かれんばかりの烙印。対立する命題は継起し、縺れあって、呼び覚まされたイメージの、相互における、関係性が遠ざかるなかで、一つの進歩を示してゆく。このような持続を語彙のなかにまで浮き立たせながら、彼は不用なものを取り去った詩的音楽性のうちに、重層的な意味の薔薇の花をつくりあげてゆく。一般的な用法の現時点における意味と同じ語彙の語源における意味とが、それぞれの場合において対立するため、そこから必然的に皮肉な意味が出てきてしまう。「アンジェロ・マーイに捧げるカンツォーネ」はおそらくこのような効果を狙った最初の詩作品であろう。このなかでは、ほとんど一語一語のうちに、おびただしい効果が積み重ねられている。しかしながら、これ以上の指摘はここでは控えて、他のいくつかの例を挙げておこう。カンツォーネ「春によせて」の副題に、レオパルディは「もしくは古き寓話」と記した。「古き」という言葉を南方基点の意味に使っているのだ。「もしくは古き寓話」すなわち「もしくは真昼の寓話」、まるで《真昼の悪魔》とでも言っているみたいに。しかし「古き」という言葉には《思い出せぬ古さ》という意味がこめられているのも一般だ。すなわち「もしくは古き寓話」ここには明らかにイロニーがある、たとえ世の批評家たちが今日までそのことを指摘しなかったにせよ。レオパルディが自作の詩に急いでつけ加えた但し書きを批評家たちはうかつにも鵜呑みにしてしまったのだ。レオパルディは春についての寓話を、古き時の寓話を、おのれのうちに湧き起こってくる錯乱と至福の気配を、歌ってゆくことになる。しかし、そのような寓話がもはや遠い昔のものでしかないという瞬間においてしか歌えない。それがもはや古き寓話でしかありえない冷えきった瞬間にしか歌えないのだ。

しかし、詩人のイロニーが黒いユーモアの極限にまで達したのは、詩「無限」のなかにおいてである。有限の存在である人間に無限を知ることができるのは、有限の事物を介してのみである。わずかに一筋の生垣によってのみ私たちの視界から排除されてしまうもの、それが《果てしない空間》になるのだ。同様に、永遠は、すなわち廃絶された時間は、木の葉を渡るざわめきを追うときにのみ思惟できるのだ。あの失われてゆく物音ゆえに、もはや終わりのないものとなって、それは空間のなかへ消えてゆくのだから。あの物音こそは、私たちの思惟のうちに想像を羽ばたかせてゆくであろう。それは、私たちに先立つ無数の死に絶えた世紀の詩人たちが、ときおり立ち止まっては、視界のつづく限り、追い求めたものにほかならなかった……

この語彙はレオパルディの慧眼によって幸いにもさらにいくつかの異なった視野を垣間見せることになった。この語彙は、それ自体の意味としては、限界によって条件づけられた事物を呼び覚ますしかないし、まさにそれゆえに、事物をその指示された限界のなかで呼び覚ますしかない。それが、すべてであろうか？　ここに至って、この同じ語彙が二つめの特性を孕んでいることに、人は気づくであろう。現に、その主要な特性は、この語彙が抒情的なものになったとき、広がりをもち、その瞬間に、想像力によって一挙に一切の意味の限界を飛び越えてゆくのだ。その瞬間に、何よりもこれは、限定できない語彙になる。《神秘的な》という形容詞がこれほどまでにふさわしい語彙はない。また、これぐらい用いるのにふさわしい場所はないであろう。だが、レオパルディは瞑想にふけって、《無限》という語彙によって示されるように、これ以上は理性的になれない語彙を使って、聖なる者への彼の告白をヴェールのうちに隠しながら、そしてヴォルテール流の鋭くきしむような音の気配をこれに与えた。これによって彼は心のうちの憐みだけを露わにしてみせた。

レオパルディの詩句をめぐって、このような考えを押し進めていたころ、私は幸運にもサン＝ジョン・ペルスの詩作品にも親しんでいた。そのような方法のなかで、私の考察はロマン主義から現代詩までその領域を広げていった。ただし詩人としての私個人の経験や昨今のイタリア詩の経験については、いまだ言及するには至らない。ともあれ、たちまちに私はアーチボルド・マクリーシュに宛てたペルスの名高い手紙に惹きつけられた。そこには――当時はまだ彼の作品として初期詩篇の「賛」と「遠征」しか知られていなかったが――彼の詩の核心が指示されている。ペルスはそこでポリネシアのある島へ招待されて聞きにいった『エステル』のことを語っている。その朗読に選ばれたトンガ族の数人の女の子たちはフランス語を一言も解さなかったが、そのテキストを――一週間ほどかけてフランス人の年老いた尼僧の口から何度も何度も反覆して聞かされ――言わば聖書の一節のように暗誦したのであった。ペルスにとってラシーヌは最も期待を裏切られなかった作家であり、《フランス語の奇蹟を彼ほどよく理解した作家はいなかった。その魔術的な力は、正確な分析をめざす才能は、しばしば曇りがちではあったが。》

そのころ私は「フェードル」を翻訳していた。それは二つめの幸いであったが、この一文が目に止まったことによって、私はさらに強くペルスの手紙に惹きつけられた。それはラシーヌからボワローに宛てられた手紙の一節であり、ペローの意見をめぐって引用された部分であった。《いまあなたにお話ししたドニー・ダリカルナスをめぐる論稿を、昨日いっぱいかかって楽しく読み返してみましたが、私はしばしばペロー氏の無作法きわまりない態度のことを思い出しました。彼の主張によれば言葉の変遷は雄弁のために何ごともたらさなかったのであり、言葉に意味以外の何ものも見てはならないというのです。その証拠に彼は、ある作家を判断するのに、原著者の文章よりも、どれほど悪い訳であっても訳者の文章によって判断したほうがましだ、と主張するのです。》

たしかに、真の詩は何よりもまずその秘密のなかで私たちに現われてくる。それはいつの時代にもたがわずに起こってきたことだ。私たちが感情や目新しいものを語彙のなかに移そうとすればするほど、語彙は音楽にも似たヴェールをまとってしまい、それが一切の意味の限界を越えてそれぞれの詩的深みの最初の現われになってしまうであろう。

だがもしも、ラシーヌにとって、すべてが事物にかなった秩序のうちに生じたとすれば——そしてそれにもかかわらず、何らかの些少な困難が早くも起こって、ペロー氏がたちまちにそれを指摘することになるのだが——レオパルディにとっては、あるいはまたロマン派の詩人たちにとっては、事物はさらに果てしなく重々しいものになったであろう。なぜなら語彙は単なるフィロロギーの持続の価値に還元され、残酷なまでに露わなものにされ、そしてもはや劇的な過剰によってしかその詩的機能に到達し得ないのだから。この機能は詩的活動の第二期において、レオパルディによって、『教訓的小品集』の「ティマンドロとエレアンドロの対話」のなかで、つぎのごとく規定されるであろう。《もしも思索の書が何らかの役に立つとすれば、詩的作品ほど役に立つものはないであろう、と私は思う。ここで私が言う詩的作品とは、この語彙を広義に解釈して、想像力を揺り動かす書物のことである。私は韻文や散文の違いを言っているのではない。読み終わって瞑想にふけったとき、読者の心のうちに、半時間なりと、疚《やま》しい考えを入りこませない、また疚しい行為をとらせない、そういう高貴な感覚を残さない詩を、いまや私は詩とは呼びたくないと思っている。》詩的霊感はこうして、根源的な深みにまで、詩的かつ論理的な深みにまで達した。もしもこれが語彙の一つ一つを規定不可能な効果のなかで、すなわち美的効果のなかで押し広げてゆくとすれば、それらの効果は、不可知の秘密の深みに達して、魂の浄化を生みださずにはいられなかった。

ここで、どうしても私が言っておかなければならないのは、ロマン主義から今日までに詩人や芸術家たちがなし遂げてきた、そしていまも頑《かたくな》になし遂げつつあること、それは果てしもなく大きいということだ。彼らこそは言葉の老化を感じ取ってきた。それは彼らが血のなかに抱えてきた何千年来の重みだ。彼らはおのれの苦しみの刻印、彼らの尺度を、追憶に向かって投げ返してきた。そして同時に、苛酷で頑な努力により、おのれの苦しみを容認する段階に応じ、おのれを解放する自由を、苦しみに与える力を、獲得してきたのだ。

まさに詩だけが――私はそれを恐ろしいまでに学び取ってきた、そして身に滲みて知っている――わずかに詩だけが、どれほどの悲惨が押し寄せてきても、自然が理性を支配しても、人間がおのれの作品をかえりみなくなり、たとえ《元素》の海に漂っていると誰もが気づいたときにも、まさに詩だけが、人間を回復できるのだ。

（一九二二―六九年）

訳　注*

*最小限のものとして、ウンガレッティ自身が付した原注をもとに作成した。

（1）『喜び』L'Allegria と題する詩集は三種類、すなわち一九三一年にミラーノのプレーダ社から、一九三六年にローマのノヴィッシマ社から、そして一九四二年にミラーノのモンダドーリ社から、それぞれ出版された。このうち最後のモンダドーリ版は、前二者の語句を修正したうえに、処女詩集『埋もれた港』Il Porto Sepolto（一九一六年、ウーディネ）や『難破の喜び』Allegria di Naufragi（一九一九年、フィレンツェ）など、それ以前の詩作品を集成した文字どおりの決定版であり、《ある男の生涯I》VITA D'UN UOMO I という副題がつけられた。本全詩集においては、前記諸版の異稿を参照にしたうえで、このモンダドーリ決定版第五刷（一九五七年五月）から訳出を行なった。

なお、原書の冒頭には、前述の経緯を踏まえて、つぎのような断り書きが詩人によって付せられている。

一九三一年にミラーノのジューリオ・プレーダ社から、また、一九三六年にローマのノヴィッシマ社から、この詩集を出版するにさいし、私はつぎのような注記を付した。

ここに集められた詩作品は一九一四年から一九一九年にかけて書いたものである。最も古いものは『ラチェルバ』誌上に発表された。『埋もれた港』は私の、いわゆる処女詩集で、エットレ・セッラの手によって、一九一六年に、ウーディネで八〇部印刷された。この小冊子は『難破の喜び』と題する詩集に組みこまれて、一九一九年に、ヴァッレッキ社から出版された。なお、『埋もれた港』は、その前後に書かれた他の詩作品と合わせ、エットレ・セッラの手によって、一九二三年に、ラ・スペツィアで再刊された。今回の決定版にさいして、著者は昔の詩形をいくぶん改めたが、初期の意図を変えたつもりはない。とは言え、複雑な人生経験と芸術上の成熟を挟んであまりにも遠くかけ離れた二点のあいだに一致を見出すことは、ほとんど絶望的な業であり、まさにおのれを別の手で隠すのにも等しかった。この古い詩集は一冊の日記である。著者はそのこと以外に望みをもっていない。そして、かつての大詩人たちも、おのれの美しい生涯の記録を残すこと以外に望みをもたなかった、と信じている。それゆえに詩は詩人の苦しみの形を表わしている。だが、おのれの魂の移ろいに合わせて詩は形を求めるがゆえに、まさに形こそが詩人を苦しめるのだということを、願わくば、理解していただきたい。そしてもしも詩人が芸術家として何ほどかの進歩を遂げてきたとすれば、彼は人間としてもいくぶん完成の域に近づいたことを意味するであろう。詩人が人間的成熟を遂げたのは、つねに、彼が立ち合った異常な事件の渦中においてであった。詩の普遍的な必要性を片時も否定することなく、詩人は絶えず心に思ってきた。想像力に身をまかせてゆけば、この宇宙が、果敢な歴史感覚を通して、詩人の特異な肉声に一致するはずである、と。

狼は皮を失っても悪癖を失うまでには至らないのか、先の二版において、それぞれを決定版と称したにもかかわらず、またしても私は詩形に若干の手を加えずにはいられなかった。

（2）原タイトルは「最後（の詩篇）」Ultime の意味であるが、訳出にあたっては、著者とジャン・レスキュールとの共訳によるフランス語版詩集 Les cinq livres（一九五三年、パリ）から、「青春の終わり」Fin du premier temps という名称を踏襲した。なお、ここに一括されている十二篇の詩は、当時、未来派を脱出して新しい詩の運動を展開しつつあったパピーニ、ソッフィチ、パラッツェスキらの前衛文学雑誌『ラチェルバ』に、順次発表されたものである。「最後」というタイトルについては、「自分を切り離していった詩篇であるため」と、ウンガレッティ自身が断っている。

（3）詩人が生誕の地アフリカを後にして、初めて地中海を渡ってイタリアへ向かったときの、船上の光景をうたったもの。「独りの若者」は、そのときの青年ウンガレッティ自身の姿であり、「土曜の夜のこの刻限には」以下は、記憶に甦ってきたアレクサンドリア市でのヘブライ人の葬式の場景である。

（4）北イタリアのミラーノは霧の都会だ。濃い霧が立ちこめるたびに、詩人の脳裏にはアレクサンドリア近郊の砂漠のなかにあったマレオティス湖の景色が蜃気楼のように甦ってきたという。

(5)「ガッレリーア」はミラーノ、ローマ、ナーポリなど、イタリアの大都市の中心部にあるガラス天井の商店街。ここではミラーノ市のガッレリーア・ヴィットーリオ・エマヌエーレがうたわれている。

(6) ミラーノ市の墓地を前にして甦ってきた親友モハメッド・シェアブ(アラビア語音ではムハムマド・シァアブ)の幻影。

(7) アフリカを後にした詩人が初めてイタリアの自然に接したときの感慨をうたったもの。このとき詩人は光と風、砂漠と闇のアフリカから離れた自分が、それまで思ってもみなかった特異な民衆のなかにあることを、換言すれば、おのれの血のなかにある歴史の流れを認識した。

(8)「埋もれた港」――この表現を、詩人は幼いころに住んだアレクサンドリア市での言い伝えから汲み取った。すなわち、現代のアレクサンドリア市郊外には、砂漠のなかに古代の港が埋もれているのだという。けれども、詩人はアフリカを後にしてパリの大学に学んだときから、おのれの追憶のなかに埋もれた港を持ったのである。脳裏の奥底の無のなかから、彼は詩を取りだしてくる。それゆえに詩人は「埋もれた港こそは私たちの内にある解き明かしえぬ秘密の部分だ」という。けれどもまた、ここに収められた詩篇が、第一次世界大戦の苛酷な体験の塹壕のなかから生みだされたことも、見逃すわけにはいかない。埋もれた港――それは一兵卒の詩人が死と対決した壕のなかでもある。

(9) アレクサンドリアの高校時代からパリの大学時代まで、最も親しかった友人モハメッド・シエアブをしのんでうたったもの。ウンガレッティはシェアブとともにマラルメを知り、ボードレールやニーチェを語りあった。二人はパリで同じ下宿に住んだ。したがってこの詩は、自伝的な断片である、と言ってよい。なお、一九一六年のウーディネ版と、一九一九年のヴァッレッキ版には、末尾につぎの三行が加えられていた。

そのぼくにも
やがて
死がくる

(10) ウンガレッティの部隊がヴェルサで数日の休息をとったときの作品。死に囲まれた戦場での、束の間の空白。

(11) 「面影」は漠とした精神の空白状態に甦ってくるもの。アフリカの記憶が詩人の精神の間隙に断片となって現われてくる。それは、一方では魂を無へと転落させ、他方では繫ぎ止められた肉体を倦怠のなかへ浸してゆく。

(12) これも不意に甦ったアレクサンドリアの情景。ここに姿を見せる「彼女」は、詩人にこの世のものと思えぬ官能の美を教えたという。それについては第二詩集『時の感覚』のなかでもうたわれる。

(13) 同じくアレクサンドリアをうたった詩。沈黙の彼方に浮かびあがってきた、旅立ちの光景。

(14)「昔むかし」と言うほどまでに、青春の生活は遠ざかってしまった。「遠いカッフェ」とは、詩人の回想によれば、新ヘレニズムを唱えた文芸誌『グランマータ』の同人たちと通ったアレクサンドリアの店のことで、青年ウンガレッティはシェアブといっしょにそこへ日参していた。

(15) 砲火のあいだに垣間見えたアレクサンドリアの光景。街路の舗石をプッリア地方出身の労働者たちが叩いていたという。

(16) 詩は何よりもまずおのれを発見する科学だ。ウンガレッティの場合、それは徐々に訪れてきて、やがて「一九一六年八月十六日、戦闘の真最中の塹壕のなかで、不意に一つの歌となって噴きだした」その詩が「河川《かわがわ》」である。母なるナイル河は少年ウンガレッティを育て、セーヌ川のほとりで多感な青年は悩める時を迎え、トスカーナ地方を流れるセルキオ川で彼の父母の血は洗われたのであった。そしていま、ユーゴスラヴィアとの国境に近いイゾンツォ川の流れで、兵士詩人ウンガレッティは誕生した。なお、三六―三七行目の「あの隠れた／手が」は死すべき者たちの運命をたゆみなく生みだす不可知の手を意味している。

(17) 戦場と追憶のなかのアフリカの情景との二重写し。山樝子《さんざし》はアレクサンドリア市に行けばどこの庭にもある。

(18) 追憶とともに浮かびあがってきたパリの光景。「郷愁」には暗い死の影がつきまとっている。橋の片隅で頑に沈黙する「少女」は詩人の恋人であり、同時にアポリネールの恋人でもあったという。

(19) この詩について、ウンガレッティは語った。「聖なるものの神秘に、意識的に近づいた、最も初期の経験である」と。

(20) Ettore Serra は兵士詩人ウンガレッティの処女詩集を出版した人物。一連の詩篇「埋もれた港」を締め括るこの詩には、無の深淵から詩語を探してきた詩人の自負と彼の詩学の方向とが示されている。

(21) 無からの脱出、深淵からの帰還、難破の喜び。これらの言葉は、ウンガレッティの詩法が十八世紀前半の大詩人レオパルディのそれに負うことを示している。

(22) 詩人は休暇をとってナーポリを訪れ、友人ゲラルド・マローネの宏壮な館に身を落着けた。そのときに書かれた作品。

(23) 逆に、平穏なナーポリの夜に現われた、戦場の幻影。

(24) 戦場に交錯するアフリカの自然の幻影。浮かびあがってきた「あなた」はアレクサンドリアでの恋人。

(25) パピーニに招かれ、ブルチャーノの彼の山荘で作った詩。このころから第一線を離れ、戦場と追憶の交錯する兵士詩人の時期は終わった。

(26) 死と向きあった戦場で詩を、詩人であるおのれを、見出したウンガレッティは、前線を後にしたときから漂泊の身であることを感じてしまう。ここに収められた五篇の詩は、彼の部隊がフランスへ移動したさいに作られた。

(27) この世のどこにも住みつくことのできない詩人が探し求めるもの、それは無垢の土地だ。この詩に至って、初めて、詩人が終生追いつづける主題《無垢》がうたわれた。

(28) 原タイトルは「最初(の詩篇)」Prime であるが、レスキュールとの共訳によるフランス語版(注2参照)を踏襲して、「新しい門出」Nouveaux commencements という訳語を充てた。ウンガレッティによれば、これらは新しい詩的経験を告げるものであり、「まさにここから時の感覚は生まれた」という。

(29) 第一次世界大戦が終わってイタリアへの生還が果たされた。詩人はパリからミラーノに移る。この詩に初めて《不在》という主題が現われた。これから後、ウンガレッティの詩想は、「追憶から、すなわち完全に消えた、潰えた、不在の瞬間から」生みだされてくる。

(30) 三十一歳になったウンガレッティは、父母の故郷ルッカを訪れた。そこに見出した、同じ血の人びと、町、自然。詩人はこのとき、おのれの血のいわれを悟った。「伝統を受け入れること。それは、かつてもいまも、私にとって最も劇的な冒険なのだ」そして「この冒険のなかから、私の詩は生まれた」と、後に述懐する。

(31) この詩についてウンガレッティは語った。これは「私の祝婚歌である。妻は最も献身的な伴侶であり、最も寛容な女性であり、私にはこれ以上望めないほど、忍耐強い女だった。私の詩想がどこへ向かおうとも、彼女はつねに私の身近にいた。私を疑ったこともなく、つねに私と共にあり、私のために苦しんでくれた。彼女は私の心の支えであった」。

(32) 『時の感覚』Sentimento del Tempo と題する詩集は、四種類出版された。すなわち、第一は普及版として一九三三年にヴァッレッキ社から、第二は豪華版として一九三三年にノヴィッシマ社から、第三は普及版として一九三六年に同じくノヴィッシマ社から、そして第四は一九四三年にモンダドーリ社から、それぞれ出版された。最後の版は《ある男の生涯II》VITA D'UN UOMO IIと副題がつけられた決定版であり、本全詩集においてはモンダドーリ決定版第六刷（一九六一年六月）から訳出を行なった。なお、原書には、つぎのような著者自身の「注」が付してある。

一九三六年《ノヴィッシマ》版に付記した注から、今日もなお意味を失っていないと思われる箇所を、以下に再掲してみる。

この詩集を再刊するにあたり（一九三三年に豪華版が《クァデルニ・ディ・ノヴィッシマ》叢書の一巻として、また同時に普及版がヴァッレッキ社から刊行された）、私の悪癖のつねとして、あちこちに手を入れた。さらに一九三一年から三五年に書かれた七篇をつけ加えた。かつて詩集『喜び』が私の第一の人生経験を閉ざしたと同じように、これらの七篇の詩は私の第二の人生経験を閉ざした。

『時の感覚』の初版は（『喜び』の最初の部分すなわち処女詩集『埋もれた港』が世に出たときと同じように）奇妙な議論によって人びとに迎えられた。二つの場合とも、ほとんど一貫して私を攻撃するために、いくつかの雑誌がわざわざ創刊されたほどである。

数百篇に及ぶ論評、攻撃、賞讃、非難の交錯するなかで、私は統計をとってみた。何しろ統計は現代科学の最尖端を行くものである。それゆえ、私たちの分野においても、ある種の傾向を考察するさいに参考になるであろう。

その結果、賛否両論のいずれにおいても、全体の五〇パーセントはまったくの思いつきと身勝手な判断から成るものであり、おおむね論理性に欠けていて、検討した……と言いながらも、この詩集に対する無知をさらけ出していた。

他の多くのものも、芸術にとっての永遠の課題、すなわち内容と形態、感覚と知性などを、結局は無駄な論議に帰してしまうものが目立った。このような閑人《ひまじん》たちの口実の種に自分の作品がされているのを見ることは、私にとって少なからざる屈辱であった。

しかし論評の一〇パーセントは、数多くの是正すべき欠点を私に示してくれ、私という存在に対する目をより明確にひらかせてくれ、私の行手の可能性と限界とをより鋭く意識させてくれた。

最後に、読者の注意をうながしておきたいことがある。第一詩集『喜び』と同じように、第二詩集『時の感覚』もいくつかの章に分かれているが、これは偶然によるものではない。両詩集とも、それぞれの章は有機的全体性のなかで、それぞれに独立した一つの歌章をまとめあげており――個々の部分が孕む対話、劇的性格、詠唱性によって――それぞれが分かちがたい統一体を形成している。「讃歌」また然りであって――ここにまとめられた詩篇は宗教的危機を表わし、何百万もの人間によって、かつ私によって、それはかけがえなく生き抜かれた危機であり――それらの詩篇は逆の意味に理解されることがないよう互いに分かちがたく結びつけられている。「伝統」もまた然りであって、かつて詩集『喜び』のなかにおいて「埋もれた港」と「漂泊の人」がそうであったように、一巻の書物のうちにありながら、まったく異なったかのごとき相貌を備えている。

純粋に技術的な側面に関して言うならば、私が第一に志したのは個々の言葉の意味のなかにその本性と深淵と韻律とを探り当てることであった。私が見出そうとしたのは伝統的なわが国の韻律と現代という時代が必要にしている表現との一致点であった。

今回もまたいくつかの修正が施された。

アルフレード・ガルジューロの序文は本書が享けてきた幸運に深く結びついているので、今回の再版にあたっても未知の読者のために冒頭に掲げねばならないものと信じている。

私の心からの感謝を、この批評の巨匠にささげて、『時の感覚』を世に送る。

(33) 詩人が古都ローマに居を移した当初の作品を集めている。

(34) ここにまとめられた詩篇はローマ郊外ティーヴォリの山野を背景にして瞑想に耽る詩人の心象を映しだしたものが多い。遺跡のなかに古代ローマの面影を留めているティーヴォリの地には、名高いエステ家の噴水の庭園があり、ウンガレッティの詩の行間には、流れる水音と共に、木洩れ日に見え隠れする時の影が漂っている。

(35) 青春――詩人にとってはすでに失われた時間だ。追憶がそれを取り戻そうとする。ウンガレッティは言う、「詩的追想の形をとらなければ、何ものも捕えられない。それはあたかも生きてきたものに形と意味とを与えるのが死だけであるのに似ている」。詩は、それゆえ、追憶が握りしめたもの、すなわち失われた時間だ。

(36) 「クロノスの終焉」は時の終わりのこと。ペーネロペーは「主」すなわちオデュッセウスの貞淑な妻。この詩は、世界の終焉と、その後に来る絶対的な静寂、すなわち永遠の眠りの到来を、うたおうとしている。

(37) レーダーは、ギリシア神話におけるテュンダレオースの妻、白鳥に姿を変えたゼウスと交わった。この詩は前作「岸辺」といっしょに、一九二五年の大晦日に、ローマ近郊アルバーノの湖畔で作られた。湖をめぐる夜景と神話の情景とが重ね合わされ、夜と昼、眠りと目覚め、忘却と追憶とがうたわれている。

(38) ここにまとめられた詩篇は、いずれもローマ近郊の自然を背景にして、ついに見出された詩人の心の調和をうたおうとしている。かえりみれば、熱砂と渇きのアフリカの大地は遠ざかった。そして詩人はいまや青ざめた夜明けと夕べの光とを追い求める。

(39) 以下にまとめられた詩篇を「伝説」と題したことについて、詩人はつぎのように説明している。「ここにうたおうとしているのは、より客観的な内容をもつものであり、言わば、詩人と彼の詩想とのあいだの距離のごときものである。ここではもはや自己そのものは問題にならない。自己を客観化し一個の劇的な人物として取りあげようとしている。思い返せば『喜び』の詩篇はみな一人称で《ぼく》が語っていた。だが、ここでは《ぼく》のまわりを取り巻き、それを判断し、それについてより自由に語ろうとしている」

(40)　ここにうたわれている大尉は、ウンガレッティと同じ部隊に所属してカルソで戦死した、身の丈二メートルもあった美青年ナッザレーノ・クレモーナのことである。

(41)　母親の死にさいして作られた詩。

(42)　この詩は、初め、ウンガレッティ自身が仏訳して『N・R・F』誌に発表した。ここに明らかにされたキリスト教への回心が、それまでの彼の詩の読者を、ある意味で不安におとしいれた。詩人はこの「ピエタ」を境に、無限の彼方へ蒼白な神のイメージをひたすら追ってゆく。詩人自身の追想によれば、この回心はスビアーコの修道院において聖週間に生じたという。

(43)　「讃歌」の中心に位置しているこの詩は、ウンガレッティの宗教的立場をいままで以上に鮮明にした。ただし、彼が信仰によって見出したのは安らぎではなく、見出されつつある苦しみである点に注目したい。

(44)　時間と空間とが溶けあう彼方に、すなわち無限の一点に、もしくは永遠の真只中に、詩人はおのれの身を置きたいと願う。それはレオパルディが瞑想した《無限》の境地であり、ウンガレッティは夢と追憶と忘却とを織り混ぜて、生の対極にある死の相貌を追いつつ、そこへ到達しようとする。

(45)　回心を経て生へ向かったとき、詩人の見出したものは、時の消滅する感覚、すなわち《死》であるとともに、時の存在したことへの感覚、すなわち《愛》であった。

(46)　詩集『悲しみ』II Dolore の初版は一九四七年に《ある男の生涯Ⅳ》としてモンダドーリ社から刊行された。本全詩集の訳出にあたっては、この決定版第五刷(一九五九年十二月)を用いた。

原書の冒頭にはつぎのごとき詩人の注記が収められている。

ここにまとめた詩はいずれもイタリアの文芸雑誌に発表された。ただし、「占領下ローマ」と題した一連の詩は、一九四四年四月十九日に、ローマのウルビナーティ社から刊行されたオルフェーオ・タンブーリの素描画集『ピッコラ・ローマ』の巻頭に、収めたものである。「すべてを失って」は私の兄の思い出に記したものであり、「来る日も来る日も」と「時は沈黙した」の詩は、ブラジルで亡くした息子アントニエットの在りし日の姿をしのんだものである。『悲しみ』に収めたその他の詩篇は、当時の悲劇的状況をうたったものが多い。

(47) 一九四三年七月、ローマで、聖ロレンツォ教会堂とヴェラーノの墓地が連合軍の爆撃を受けたさいに書かれた。このあたりで被災した人たちばかりでなく、戦火に掘り起こされた墓地の死者たちのことを思って、詩人は戦争の惨禍をうたう。

(48) 詩集『約束の地』La Terra Promessa の初版は一九五〇年に《ある男の生涯V》としてモンダドーリ社から刊行されたが、本全詩集の訳出にあたっては、この決定版の第二版第二刷(一九五四年三月)を用いた。原書の構成は以下のようになっている。原著者の注記(九—一四ページ)、本文(一五—四四ページ)、ピッチョーニによる補注Ⅰ「約束の地」の起源(四五—八二ページ)、同補注Ⅱ異稿(八三—一〇一ページ)。このうち原著者の注記だけを訳出しておく。

『約束の地』の初版は一九五〇年にミラーノのモンダドーリ社から出版された。そのさい同書に付せられたレオーネ・ピッチョーニの精緻な論稿に加えて、今回はこの詩集の各部分についてごく短い但し書きを添えることにした。これは昨年の七月にラジオで朗読をしたさい、聴衆への便宜をはかって、案内程度に付記したものである。

『約束の地』の構想を得たのは――思い返してみれば――一九三五年のことであり、『時の感覚』に収めた詩「わが誕生日を祝って」を書いた直後のことであった。その詩の最後の聯は、つぎのようになっている。

過ぎゆく青春の感覚よ
暗がりにわたしを繋ぎ止めておいてくれ、
そして永遠の相貌を与えてくれ、

わたしを放さないでくれ、留まってくれ、苦しみよ！

一九四二年にモンダドーリ社が私の全詩集（《スペッキオ》版《ある男の生涯》のシリーズのこと）を刊行し始めたときにも、『約束の地』は同社の出版広告のなかで『迫り来る最後の季節』という書名でまだ予告されていた。この詩集で私がうたおうとしたのは秋、それも晩秋、であった。それは青春の、すなわちこの世の若さの、最後の証が、つまり肉体の最後の欲望が、おのれを離れてゆく時期のことである。

「カンツォーネ」は不完全な詩ではあるが、この青春への離別から出発して、最後に立ち帰ってくる要素としてのゆるやかな溶解を、すなわちほとんど目立たない、ごくゆるやかな忘却が明るい陶酔へ溶けこんでゆくさまを、うたっている。そのあとには現実の別の段階が生まれてくる。それは追憶をとおして生まれてくる第二段階の現実であり、それはまた感覚の経験が果てたあとに、別の経験の戸口を踏み越えてしまうことであって、幻覚にせよ幻覚でないにせよ、根源的に新しい経験へ入りこむことであり――それこそは存在しないことによっておのれの存在を、無によっておのれの存在を知ることであり、パスカル流にいえば、無からおのれの存在を知ることを意味している。知ることの恐ろしさ。詩人の数奇な運命は、出発点につねに過去をもち、回帰する過去のうちにつねに身を閉じこめ、同じ精神の黎明からつねに出発して、同じ精神の黎明のうちにつねに身を閉じこめてゆく。

「カンツォーネ」は――言うなれば――感覚という現実面から知性という現実面への移項を、詩的主題として形成された。けれども、はっきり言っておくが、この二つの面を仕切る壁のごときものがあるわけではない、また両者が混ざりあうこともない。人間は存在の一定の時期を経れば、おのれの内なる精神が他のあらゆる活動を排除してしまう感覚をもつであろう。年齢の境は、やはり境なのだ。けれどもまた、感覚の力なくしては詩は決して作り得ないから、そこに境はないとも言えよう。とりわけ、無限な音楽性を備えた詩においては。そして読者の前に投げだされた以下の詩も、そうありたいと願っている。

「死者について」は偶然に生みだされた詩だ。けれども、それはこの詩が重要でないことを意味しない。ここでも相変わらず、過去、不在、存在などに対応する死が、主題になっている。ここでは、感覚を介して、現実が湧き起こってくるのだ。私たちは心の深みから愛することができる。それが人間としての証だ。それは、単に失われてしまった存在ではなく、私たちが決して知ることのなかった、失われた存在なのである。亀裂の感覚は永遠に続いてゆく。それにしても『約束の地』は、いま見るような韻文詩には、潰えた経験の歌声には、決してならなかったであろう、もしもこの亀裂に私が気づこうとしなかったり、また気づくことができなかったならば。

「ディードーのコロス」ここに収めた十九のコロスは、ある人物から、もしくはある文明から、青春の最後の光が消えてゆくさまを、劇的に描こうとしている。ある文明からというのは、文明もまた人間に似て生まれ落ち、育って、老いては、やがて死ぬからである。ここでは、その劇的な肉体の経験が、仕合わせな瞬間の再現と、夢見る不確かなものと、脅かされた慎みとによって、おのれが潰滅し、嫌悪の塊と化し、荒涼とした侘しい存在へ転落してゆくさまを、情熱的なまでの錯乱の真只中に描きだしている。

「パリヌールスの詠唱」は『アエネーイス』のなかに描かれたパリヌールスの挿話を思い出させるであろう。詩集『約束の地』のなかには一貫して『アエネーイス』がある。ここに描かれた場所は『アエネーイス』のそれだ。パリヌールスの岩礁は、まずヴューリア〔ラテン名はウェリア〕の手前であり、ペスト〔ラテン名はペストゥム〕の先にある。そして巨大なあの岩礁のなかで、絶望的なまでに忠実なパリヌールスは数百年にわたる形象を見出したのだ。私の詩も、一つの物語となり、言わば物語の調子を帯びている。船の舵の座にはパリヌールスが就き、みずから加わったこの企てのなかで、激しい嵐にさらされる。調和と仕合わせと平和のある場所、そこへ着こうとするのは狂気の企てだ。それこそはかつて私が無垢の土地と呼んだところだ。

第一聯の六行では、まず大嵐が激怒の頂点に達し、その渦中にあって、私の親しいアラブ人たちが言っていたように、舵手には、渇望していたまどろみが襲いかかってくる。怠惰のなかに巣喰う喜びのまどろみが近づいてきたことに、彼は気づかなかった。

第二聯の六行では、睡魔に逆らう肉体が物語られ、その格闘と忍び寄る眠気とが示される。

衰えてゆく波とわずかに調和して……

第三聯の六行では、甘く囁きかけてくる夢と激しい動きとが交互に現われ、パリヌールスの困惑が示される。

第四聯の六行では、夢と科学が——科学とは最も精妙な夢の行為だ——もはやほどけぬほどに絡みあってしまう。しかしこの絡みあいが親しげな相貌をとったときに、パリヌールスはそれすらもおのれを壊し、おのれを苛むことに気づく。そして疲れ果てて、船から落ちてゆく。

第五聯の六行では、砕かれた船を追うパリヌールスの絶望的な戦いが描かれる。相変わらず彼は二つの敵の挟み撃ちにあっているが、それでもなお絶望的なまでに、約束の地を信じているのだ。

第六聯の六行と終末の三行では、皮肉な不死のなかで一個の岩に変身するパリヌールスの姿が絶望的に物語られる。かつて古い讃歌「ピエタ」のなかで示したときと同じように、この詩の終結部は努力も、誘惑も、そして地上における人間の歴史の悲惨も、すべてが虚しいことを、一個の岩によって示そうとしている。

「無の変奏」の主題は、個々の人間を越えてこの地上に永続するもののことだ。それこそは正体をあばかれた時計にほかならない。虚空のなかでわずかに、刻々と、それは時を滴らせる。

「詩人の秘密」は、ごく最近、すなわち一九五三年の初めに作ったものであり、詩集『悲しみ』の「来る日も来る日も」に一脈通じている。注意ぶかい読者は、この一篇をなぜ本書のうちに入れたか、その意味を察知されるであろう。作者はそこにかすかな希望を寄せている。

うとしている。

「フィナーレ」は、最後の最後に事物だけが残るときの、あの孤独と荒廃とを、呼び覚まそ
やや未完成な形になってしまったこの詩集は、本来ならば、「アエネイアースのコロス」へと引きつがれるはずであった。それはまだ草稿の域を出ていない。

(49) ウェルギリウス『アエネーイス』第四巻に登場するカルタゴの女王。トロイア方の英雄アエネイアースが嵐に遭ってカルタゴに漂着したとき、彼に恋をして、猟へ出て結ばれる。しかしイタリアの土地に新たなトロイア、すなわちローマを建国するため、神の命によってアエネイアースが立ち去ると、見棄てられたディードーは火葬壇に登ってみずから死を選んだ。

(50) 『アエネーイス』第五巻に登場する船の舵取り。嵐のなかで眠りの神に誘われ、海へ突き落とされて、人身《ひとみ》御供《ごくう》となった。

(51) 詩集『叫び声と風景』Un Grido e Paesaggi は初め、一九五二年十二月に、ミラーノのシュヴァルツ社からジョルジョ・モランディのデッサン五葉を載せて、限定三五〇部で出版された。本全詩集の訳出にあたっては、《ある男の生涯VI》としてモンダドーリ社から刊行された決定版の初版(一九五四年三月)を用いた。なお、原書には、異稿をめぐってピエーロ・ビゴンジャーリの詳細な論文と、ウンガレッティ自身の注解も収められている。

(52) 一九五二年元旦のイタリア国営放送用に作られた。その後、書き直されて、『パラゴーネ』誌第二六号および『アップロード』誌創刊号に掲載された。

(53)『インヴェンターリオ』誌一九四九年夏季号に初めて掲載され、後には一九五〇年一月十二日付『ポーポロ』紙に再掲された。そのさいの詩人の注記によれば、第三詩集『悲しみ』所収「来る日も来る日も」の冒頭をなす詩篇であって、一九四〇年もしくは一九三九年末にブラジルで書かれたが、あまりにも個人的な感情がこめられていたため、初めは詩集に収めなかったという。

(54)一九五二年八月、『ヴィアレッジョ文学賞』特集誌に発表され、後に若干の修正を経て、イタリア国営放送で朗読され、『アップロード』誌第三号に掲載された。

(55)一九四九年『ピレッリ』誌に発表され、修正を経た後にイタリア国営放送で朗読され、一九五二年三月『アルファベート』誌に再掲された。

(56)詩集『老人の手帳』II Taccuino del Vecchio の初版は、L・ピッチョーニ編、J・ポーラン序文で、一九六〇年に、モンダドーリ社から出版された。本全詩集の訳出にあたっては、この決定版《ある男の生涯Ⅶ》第三版(一九六一年二月)を用いた。なお、原書の冒頭には、つぎのような詩人自身の注記が収められている。

コロス(合唱)1、2、3、24は、昨年、L・シニズガッリと短期間エジプトへ帰ったときに生みだされた。いずれも、サハラ砂漠と古代王朝の遺跡の光景に触発されて作ったものである。ごく最近、J・フォートリエ、J・ポーランといっしょに、日本へ旅行し、香港からベイルートにジェット機で飛んださい、コロス23の一部を作った。その他のコロスは、いずれも、まったく個人的な感慨に端を発している。たとえば、コロス15、17は人工衛星の打ちあげを契機にしたものである。これらの主題は、著者自身にとっては、とうてい作品のうちに数えるべきものではない。ただし、これまでに自分が詩を生みだすことが出来た、と仮定したうえでの話ではあるが。

なお、この後にも、ウンガレッティは「黙示」一篇（一九六一年一月三日—六月二十三日）、「格言」一篇（一九六六—六九年）、「対話」十四篇（一九六六—六八年）、「新しい詩篇」三篇（一九六八—七〇年）など、若干の詩篇を散発的に発表したが、《ある男の生涯Ⅷ》としてまとめられるには至らなかった。したがって、本全詩集にはこれらの散発的な詩篇は収録していない（ただし、モンダドーリ社《メリディアーニ》版は第三版——一九七〇年——以降に、これらを収録しているので、関心のある方は参照されたい）。

(57) 詩集『難破の喜び』Allegria di Naufragi（一九一九年、ヴァッレッキ）の巻末に収録。その後、エンリーコ・ファルクィ監修の《処女作品》叢書（一九四七年、ガルツァンティ）にも収録された。

(58) ここにまとめて訳出したフランス語詩篇は、一九一九年に、パリで、八〇部限定版として刊行された。版元はアルブリッチ将軍統率下にあるフランス方面部隊がパリで発刊していた週刊誌『センプレ・アヴァンティ！』であった。

(59) 一〇八ページ、「牧場」参照。

(60) 一一〇ページ、「漂泊の人」とほぼ同文。
(61) 一一二ページ、「晴れ間」とほぼ同文。
(62) 一一三ページ、「兵士たち」とほぼ同文。
(63) 七七ページ、「郷愁」を参照。
(64) この部分は、『ディアーナ』誌(一九一六年、ナーポリ)および『埋もれた港』(一九一六年、ウーディネ)によれば、つぎのようになっている。

涙は
ぼくらの姿を溶かして
セーヌの鈍い
鏡を
残して
あの
背中には
いつまでも光が
映えてまつわりついた

(65) この題による三つの詩篇が最初に活字化されたのは、一九一九年、ヴァッレッキ社刊、詩集

『難破の喜び』の巻末においてであった。P－L－Mはパリ―リヨン―ミラーノの急行便の略。

(66) 詩集『散逸詩篇』Poesie Disperse の初版は、一九四五年に《ある男の生涯Ⅲ》としてミラーノのモンダドーリ社から刊行された。一九一五年から一九二七年までに書かれながら、決定版《ある男の生涯ⅠおよびⅡ》すなわち詩集『喜び』にも『時の感覚』にも収録されなかったものを、デ・ロベルティスが一巻にまとめて、解説と注と詳細な異稿を付したものである。本全詩集の訳出にあたっては、この決定版第三刷(一九五九年八月)を用いた。なお、収録順序を変えて、フランス語詩篇と共に巻末においた。

(67) 三八二ページ、「朝露のきらめき」参照。

(68) 二〇ページ、「倦怠」参照。

(69) 二一ページ、「東地中海」参照。

(70) 一九六九年モンダドーリ社刊、《メリディアーニ》版一巻本『ウンガレッティ全詩集』(ある男の生涯)の冒頭に置かれた詩論。詩人が最晩年に、それまでに発表してきた数篇の詩論を、年次を追って統合し、かつ再編成したもの。その意味で末尾に(一九二二―六九年)と記されている。

(71) Don Denis(一二六一―一三二五年)ポルトガル王。農業や産業を奨励し、みずからも詩を書き、文化政策の一環としてリスボン大学を創設(一二八八年)、これを移してコインブラ大学とした(一三〇七年)。

(72) Torquato Tasso(一五四四―九五年)の長篇叙事詩『エルサレム解放』第十六歌、十二―十三聯。

(73)　前掲書、第十六歌、十四聯。

(74)　Francesco Petrarca（一三〇四―七四年）の叙情詩集『カンツォニエーレ』三四七番、五行。原文は《o de le donne altero et raro mostro.》であるが、ウンガレッティの引用文は語順が入れ代わって《Altero e raro mostro delle donne!》となっている。

解　説

1

二十世紀イタリア文学が詩においてひときわ豊かであったことは、この世紀が遠ざかるにつれ、ますます明らかにされてゆくであろう。まさに綺羅星のごとくに居並ぶ詩人たちのなかにあって、ジュゼッペ・ウンガレッティは最大の星の一つである。その光輝く詩的世界の内面へ踏みこむまえに、私たちは確認しておかなければならない。彼が《砂漠から来た男》であったという、ほとんど不条理な事実を。

ウンガレッティはイタリア人を両親としてエジプトの海港アレクサンドリアに生まれた。父親がスエズ運河の掘削工事に関係したため、ナイル河デルタ地帯のはずれに築かれたこの古い町に、一家は住みついていたのである。しかしながら、ウンガレッティが生まれるとすぐに、工事中の事故が原因で父親は亡くなってしまい、その後は以前から経営していたパン屋を母親が切盛りして、女の細腕一つで、八歳年長の兄コスタンティーノとともに、ジュゼッペを育てあげた。そのころのアレクサンドリアはナイル河沿いにわずかに広がる緑のオアシスのうちにはすでに入っていなかったという。「アレクサンドリアは砂漠のなかにある。砂漠、そのなかにあって、太古に築かれたとき以来、たとえ町の生命がどれほど激しく強固なものであっても、時の流れに逆らい、永続する生命の証《あかし》を何一つ、町は残せなかった。アレクサンドリアは、ただの一個の歴史的記念碑さえ、持たない町だ。古い歴史の過去を思い出させる一個の建造物さえ、持たない町だ。ただ、絶えまなく変貌を続けている。時がこの町を絶えず運び去ってゆく、いついかなる瞬間にあっても。そこでは、まず何よりも、何にも増して、時の感覚が、破壊者としての時の感覚が、想像力の前に立ちはだかってくる」(以下、特記のない場合、「」内の引用は、すべてウンガレッティの文章。)

《破壊者としての時》の感覚——それは《無》の感覚と言ってもよい。あるいはまた、ウンガレッティ自身がしばしば言い換えているように、《死》の感覚とも、《無限》の感覚とも、言ってよい。この感覚を、幼いウンガレッティは真昼の砂漠のなかから、あるいは真夜中に町を取り巻く砂漠の闇のなかから、汲み取った。母親が家業に忙しかったので、店で働く女たちに彼は育てられた。一人は黒い肌の女バヒタである。「ぼくを育んでくれたスーダンの乳母よ／太陽に灼かれた彼女の肌をぼくはしゃぶった」(岩波文庫版四二七ページ)。そして砂漠は光と闇の世界である。太陽が沈めば、アレクサンドリアは、たちまちに闇の虜になってしまう。ウンガレッティは、幼年時代の最初の強烈な印象の一つとして、夜を挙げる。「何よりもまず、夜だ。夜とその闇のなかを過ぎてゆくもの。夜回りの叫び声。何者かを追ってゆき、戻ってきては、また遠ざかる声。『ウアヘッド！』……また戻ってくる。『ウアヘッド！』……十数分おきに聞こえる声。夜が明けても、それは幼い耳の奥に残った。それが最初の無限の感覚だった。無限の環の感覚。古代エジプト人が用いた、蛇がおのれの尾を咬む形に、それは似ている」

ウンガレッティを育ててくれた、もう一人の女は、クロアチア出身の老婆アンナだった。彼女が物語ってくれたお伽噺や不思議なアラブの物語は、砂漠に現われる蜃気楼の役割を、幼い彼にとって果たした。「歩きに歩いて／ぼくは見つけた／愛の井戸を∥千一夜の／片目のなかで／ぼくは休んだ」（四八ページ）、あるいは「ウンガレッティ／苦役の男／おまえを勇気づけてやるには／一握りの幻想があればよい」（六八ページ）、あるいは「嫌だね／こんがらがった／街路のなかに／入りこむのは」（八六―八七ページ）、あるいはまた「昔むかし」という題の詩（五八ページ）など。これらの初期の詩篇に見られる平明な口調、そこには、砂漠に囲まれた町に育ち、そこで聞いた、見えない物語を追おうとする、無垢な瞳の輝きが感じられる。最後に、もう一人の女、すなわち母親は、厚い信仰心という点において、詩人の誕生と成長とに決定的な影響を及ぼした。信心深いイタリア人の女のつねとして、彼女は喪服を着て、幼い子供の手を引きながら、墓参を決して怠らなかった。

「毎週、欠かさずに、母はわたしを墓地へ連れていった。幼い足で歩いてゆくので、道程《みちのり》は決して短くなかった。しかも、そのあたりに、人家はほとんど絶えていた……いつまでもいつまでも、わたしたちは歩いていった……墓地へ着くと、何時間も祈って過ごすのだった。わたしも祈らねばならなかった、ついていかないわけにはいかなかった。毎週、幼かったあいだは、これを欠かしたことがなかった。そこで自然に身についたのが、死の感覚である。幼いときから、無に化してゆく風景に、わたしは取り囲まれていた」。こうして母親の信仰心は、内面からというよりはむしろ外面から、祈りからというよりは周囲の風景と一体化した死の感覚から、幼いウンガレッティの心のなかに密かな実を結んでゆき、一読して忘れがたい、彼の詩の初期の風景を、生みだすことになった。「太陽が町をさらってゆく〃もう何も見えない〃墓石たちもあれほど逆らったのに」(二五―二六ページ)。この三行詩の手前には無限に広がる砂漠があり、この三行詩の終わったあとには無限に塗りこめられた闇がある。そして「墓石たちも消えてしまった〃このバルコニーから/墓地までを/埋めつくした無限の黒い空間」(二七―二八ページ)。この四行には――舞台はヨーロッパの墓地に移されてはいるが――詩人が幼い日に心のうちに抱えこんだ砂漠の闇が、死の感覚が、深ぶかとわだかまっている。

ところで、少年ウンガレッティは八、九歳から十五、六歳にかけて、ドン・ボスコ会の学校でキリスト教行事と戒律に満ちた「不幸きわまりない」初等教育と中等教育とを受けたが――なお、ここには、十二歳年長の未来派詩人マリネッティも学んだ――高等学校は名門のスイス・ジャコットに通ってフランス語による教育を受けた。この高校時代には、師友にも恵まれ、自由な精神そのものであるヨーロッパ文学に触れた。「詩のなかにおいてのみ自由が求められ、かつ自由が見出せるという感覚……詩は人間の条件の本質における発見だ」と、ウンガレッティは後年の回想のなかで述べている。まず初めにレオパルディを知った。十五歳のとき、親しい友人にソネット(十四行詩)を書いて送ったという。ボードレールを知り、ラフォルグを知り、イタリアの詩人ではカルドゥッチ、パスコリ、ダンヌンツィオを知った。そして十八歳のとき、マラルメを知った。「……たぶん、一九〇六年だったと思う。わたしはすでに『メルキュール・ド・フランス』誌を購読していた。周知のように、あの雑誌は、当時の世界の新しい価値を、日々に明らかにしてくれた……『メルキュール・ド・フランス』誌の購読はわたしの詩の形成に看過ごしがたい影響を及ぼした。当時、誌上に展開されていた論争は、もっぱらマラルメの名前とその作品にまつわるものだった。わたしはマラルメに取りかかった。

そしてじつに情熱的に読み耽った。字義どおり正確には、おそらく、理解できていなかったであろう。けれども、詩を正確に理解することは、さほど重要ではない。わたしはそれを感じていた。あの言葉の音楽で、あの秘密で。彼の詩はわたしを虜にした。あの秘密は、今日もなお、わたしにとっての秘密である。マラルメはもうわたしにとっては難解な詩人ではない、彼はひとりの詩人だ」

高校時代には、アラブの友人モハメッド・シェアブと知りあった。そしてシェアブを介して、エンリーコ・ペーアと知りあった。後年に特異な作家となる、この風変わりな七歳年長の友人ペーアは、ウンガレッティの父母の故郷ルッカに近い土地の出身で、大理石や家具の商いをしながら、アレクサンドリアの町に《赤い荒屋《あばらや》》と称する家を構えていた。そしてそこが社会主義者やアナーキストたちの溜り場になっていた。ウンガレッティはペーアのグループといっしょに、アナーキスト系の新聞『メッサッジェーロ・エジツィアーノ』『民主連合』『リソルジェーテ』などの発刊に加わり、種々の論文、エッセイ、短篇小説、そしてポオの翻訳まで掲載したというが、今日ではみな失われてしまった。また、『グランマータ』という雑誌にも関係し、ジャンとアンリのチュイル兄弟とも親しく交わり、カヴァフィスとはしばしば詩の議論を交わした。

「最後のアレクサンドリア人」と題した追想文のなかで、ウンガレッティは当時の模様を語っている。「エジプトのアレクサンドリアで、わたしがまだ年少だったころ、最初に近づいた文学サークルは、同年配の青年たちの集まりで、そこでは『グランマータ』という雑誌を出していた。わたしたちは毎晩のようにカッフェに集まった。しばらく後に、コンスタンティノス・カヴァフィスも、仲間のうちに入ってきた。今日、心ある批評家たちが二十世紀の大詩人を数える場合、一致して、五本の指に入れる詩人の一人だ。カヴァフィスは、少なく見つもっても、すでに二十五歳にはなっていて、当時十八歳になるかならないかのわたしたちのなかでは、最年長者だった」

二十歳前後のウンガレッティは、早くも文学青年の域を脱しかけていた。ウンガレッティが砂漠を出ていくのは、もはや時間の問題だった。そして三方を砂漠に囲まれた、アレクサンドリアは、港町でもある。町なかには緑の影が少なく、中央波止場のある湾へ向かって、一本の水路がゆるやかに流れこんでいた。この水路を境にして、背面から襲いかかってくる砂漠があった。「幼年時代の初めのころは、海から遠い区画で暮らしていたので、たまにしか港へ行かなかった。店の竈で焚く薪を取りに行ったときなどである。そのほかには、イタリアから知人が着いたときや、友人が帰国するさいに、港まで行った。幼いころのわたしには、港はイタリアの蜃気楼みたいなものだった……」

少年時代のウンガレッティにとって、まだ見ぬ祖国、《約束の地》イタリアは、たしかに蜃気楼みたいなものであっただろう。アレクサンドリアの海辺に立って、対岸に目をこらせば、北西の方向にイタリア半島が見えるような気がしたにちがいない。ローマも、ルッカも、フィレンツェも、ミラーノも、そしてその延長線上にあるパリも、彼にとっては浮かんでは消える幻の都市であった。「このようにして、つぎつぎに目の前に浮かんでくる蜃気楼のなかへ、身を投げだしたい、跳びこみたい、それらの一つ一つのなかにおのれを封じこめたい――そういう願望と情熱とが、わたしの心のなかに生まれてきた。それは自分の内面世界の子供じみた発見であった。と同時にそれは眩暈のイメージであり、現実的にはおのれの内なる無の確認であった。この無の現実を、やがて、わたしは摑まねばならないであろう。それを飼い馴らして、おのれに抱きしめねばならないであろう。それこそは、かつてランボオの身に親しかった、ざらついた現実のはずである」

いまや二十四歳になったウンガレッティは、難破を覚悟のうえで、蜃気楼の海へ乗りだそうとしていた。《砂漠へ消えた男》ランボオとは逆の方向へ旅立たねばならないおのれを感じていた、酷い現実を抱きしめるために。「死ね蜃気楼に渇いた／雲雀《ひばり》のように⫽あるいは海を越えて／最初の茂みで／飛ぶ気力も／失せてしまった／鶉《うずら》のように⫽だが嘆きを糧にしては生きるな／盲鶸《めくらひわ》のようには」（二四―二五ページ）。

2

一九一二年の秋に、ウンガレッティは、シリアの移民たちといっしょに白塗りの船に乗りこみ、闇に包まれた砂漠の町アレクサンドリアをあとにした。「毎日太陽の光にあふれて／あの一瞬にすべてが失われてしまう／町をぼくは知っている〃ある晩そこをあとにした」(四九ページ)。彼は「船首には独りの若者が立っている」(二二ページ)となって、東地中海を北上し、ギリシアの島々とイタリア半島の踵のあいだを抜け、アドリア海へ入ってブリンディジ港に上陸した。ウェルギリウスの昔から、ヘスペリア(夕べの国)に到達する最も基本的なコースである。

現実のイタリアに降り立って、何よりも強い印象を受けたのは、大地の起伏、大地に聳える《山岳》だった、という。幼い日から馴れ親しんできた風景である《砂漠》が消えて、代わりに彼の目の前には《山岳》が立ちはだかった。「山々は微動もせずに時に向かって聳え、時に逆らい、時に挑んでいる。それはまったく強烈な印象だった。いまでもはっきりと思い出せる、最も強烈な驚異だ。わたしがいつでも深い感動を覚えるのは、自然の光景が、客観的な新しさと同時に、わたし自身の内に入りこんで、新しさを甦らせるときだ。自然、風景、わたしの存在を取り巻く環境、それらはわたしの詩のなかでつねに基本的な部分を担ってきた」

ブリンディジから汽車に乗ったウンガレッティは、たぶん——と言うのは、後年の詩人の回想には欠落してしまった記憶が少なくないからである——ローマを経て、フィレンツェに行き『ヴォーチェ』誌の同人プレッツォリーニたちと会った。目的の二つまでは明らかである。一つは、アレクサンドリアから持参した友人ペーアの作品『恐ろしき人』の原稿を届けること。この小説は、二年後に、『ヴォーチェ』出版部から刊行された。いま一つは、パリに住む知人を紹介してもらうことだった。たしかに、シャルル・ペギーとジョルジュ・ソレルへの紹介状を書いてもらった。が、目的が二つしかなかったとは、私には信じがたい。少なくとも彼自身の作品を、詩篇を、ウンガレッティがたずさえてこなかったはずはない、と思うからだ。二度と帰らぬ決意を固めて、《砂漠から来た男》であったからには。

はるか後年になって、とくに、ウンガレッティが七十歳の誕生日を迎えたあとの一九六〇年代に入って、いくつかのインタヴューや回想記の類《たぐい》が発表され、それまで闇に包まれていた詩人の青年時代は、かなり明るみに出された。けれども、それらの資料のなかに、一九一四年以前に彼が詩を書いていた痕跡を見出すことはむずかしい。ブリンディジに上陸し、フィレンツェを経てパリに行き、ソルボンヌに出入りしていたころの彼は、奇妙なことに、まるで詩人ではないみたいなのだ。回想記の類に認められるこの明らかな矛盾は、一つには、ウンガレッティ自身が詩に対してとった態度のためかもしれない。彼は、書いてしまった自分の詩については雄弁だが、書こうとする詩についてはほとんど無口である。思うに、ウンガレッティほど詩を生みだすことに苦痛を伴わせた詩人は稀である。それゆえ、ウンガレッティに関する限り、習作の詩篇とか、未来の詩集の企てとかは、私たちの視界にまで達してこない。逆に、いったん公にしてしまった詩に対して、彼は飽くなき修正を加えつづける。たとえば、《スペッキオ》叢書の『散逸詩篇』は、九〇パーセントが異稿で占められているほどだ。

したがって、すべての批評家が口をそろえて、ウンガレッティは一九一四年から——詩人自身の言葉をそのままに信じて(四九二ページ)——詩を書きだし一九一五年にそれらが『ラチェルバ』誌上に発表されはじめた、と言っていても、私には到底信じられない。《砂漠から来た男》は、多数の詩篇を筐底に秘めたまま、フィレンツェを発ち、パリに着いたにちがいない。後に改めて触れるが、それらの秘められた詩篇がなければ、イタリアの詩史に新しい時代を画した詩集『埋もれた港』(一九一六年)が書かれたはずはないからである。

話を元へ戻しておこう。二十四歳の秋に、ウンガレッティは灰色のパリに着いた。

《灰色》といっても、《憂鬱な》という意味合いは含まれていない。光と闇の砂漠の世界から来た青年は、むしろ微妙に変化してゆく都会の秋の色の濃淡に、深く魅せられたのである。大学近くのカルム街の下宿に身を落着けると、母親の希望した法学の勉強のことは、忘れてしまったみたいに振り向こうともせずに、文学部に籍を置き、ランソンやベディエの授業に通って、コレージュ・ド・フランスのベルクソンの講義に熱心に出席した。純粋持続としての時間の概念をめぐる、この哲学者の風貌について、ウンガレッティはすでに一九二四年に二つの文章を著わしているが、さらに回顧して言っている。

「思うにベルクソンは、わたしたちの時代の偉大な哲学者の一人であり、疑いもなく最大の哲学者だった。わたしは彼の授業から多くのことを学んだ。授業は明晰であったが、翻って独りで考えてみると、一般に言われているほどそうではなかった。彼の授業は、言うなれば、あくまでも透き徹った水であったが、聞く者を包みこんでしまうものがつねにあり、格段に魅力的ではあったが、その底にまで達することは非常に困難だった。ベルクソンはじつに深い人物だった。わたしは自分の詩が彼に大きなものを負うてきたと信じている。ベルクソンの授業を通してであった、わたしが時の感覚を自分のなかで明確にすることができたのは」

ウンガレッティは、大学の授業へ通うと同時に、あるいはそれ以上に、芸術家や文学者たちの集まるところへ、カッフェに、サロンに、サークルに出入りした。プレッツォリーニの紹介状を持って、まずペギーの事務所へ行った。ペギーは大変に親切で、イタリアからやって来た青年に、その場で、昨夜書いたばかりの自作の長い詩を読んできかせたという。彼のところでたくさんの文学者や芸術家たちに出会った。もう一通の紹介状の相手はジョルジュ・ソレルであったが、ウンガレッティはこの人物にも非常に魅せられた。そして彼を介してブールジェのところへ行くようになり、ここでもたくさんの文学者たちと知りあい、プルーストにまで出会ったという。パラッツェスキ、パピーニ、マリネッティ、ソッフィチ、ボッチョーニ、カッラ、デ・キーリコ、サヴィーニオなど、パリに来ていたイタリアの詩人や画家たち、あるいはフォール、サンドラルス、ブルトン、ブラック、レジェなどフランスの詩人や画家たち、さらにはイタリア人からフランス人になりかけていたアポリネール、モディリアーニ、またピカソたちと、さまざまに交渉を持った。とりわけ、モディリアーニの葬儀に立ち会ったこと、アポリネールの葬儀ではウンガレッティが愛していた少女の口からアポリネールも彼女を愛していたと打ち明けられたことなど、第一次世界大戦前後のパリの芸術的状況を窺い知る逸話は多い。けれども、このような前衛文学者や前衛芸術家たちの集団の渦のなかにあって、私たちにとって最も重要なのは、ウンガレッティが外見上はまだ詩人でなかったことである。

おそらくウンガレッティは、フランス語で詩を発表するべきか、イタリア語で発表するべきか、迷っていたのであろう。逆に言えば、フランス語でもイタリア語でも詩を書いていたが、そのいずれにおいても、彼は自作の詩の完成度に不満を抱いていたにちがいない。このようなパリの生活のなかで、決定的な事件が二つ起こった。一つは、アレクサンドリアからウンガレッティを追いかけるようにして、やや遅れてパリにやって来た、そして彼と同じ下宿に身を落着けた、高校時代からの詩の友人モハメッド・シェアブが、一九一三年の秋に自殺したことである。少なくともフランス語で書かれていたはずの、砂漠の時代のウンガレッティの詩の最良の理解者は、シェアブ以外にはいなかったから、この親友の自殺によって、ウンガレッティの詩も一挙に死に直面したことになる。「またその落魄《らくはく》した／孤独のうたを／うたう／すべもなく〃共に住んだ／パリの／カルム街五番地」(三五―三六ページ)。下宿の女主人とふたりきりで亡骸を墓地へ運んでいった、そのあとで、最初に彼がしたことは、シェアブの書き残した詩の草稿を救いだすことだった。けれども女主人が、後の禍いを恐れて、すべてを警察に渡してしまったという。

いまや、ウンガレッティは、異国の都会にあって、詩人になりきれない自分を、追いすがってくる自殺の影を、抱えこんでしまっていた。親友を失ったあとの自分のことを、彼は《パリのアフリカ人》と呼んでいる。シェアブの死と共に、砂漠の感覚がウンガレッティに甦ってくる。そのころ、二つめの事件が起こった。第一次世界大戦の勃発である。イタリア人はイタリアへ帰らねばならなかった。結局、画家カッラの友情によって、彼はミラーノに一時の居を定めた。たぶん、一九一四年の秋のことである。ウンガレッティにとって、ミラーノは《霧》の町であった。エジプトからの送金は絶たれていたので、徴兵されるまでのあいだ、臨時に中学校のフランス語の教師を勤めながら、辛うじて生活していたらしい。その数カ月間のミラーノ生活のなかで、一連の詩を作った。もしくは(すでに書かれていた)詩篇の整理をした。そして『ラチェルバ』や『ヴォーチェ』などの文芸誌に渡した。それらが「青春の名残り」(一九―三一ページ)と題された一連の詩の基になっている。

「青春の名残り」という、後になってつけられたタイトルが、それ以前にたしかに書かれていた一群の詩の存在を暗示すると考えるのは、私の思い過ごしであろうか。ウンガレッティは、戦争(すなわち迫りくる自分の死)を前にして、これ以上はもうためらっていられなかった。そして霧の都ミラーノの詩と同時に、かつての詩の一部を公にしていったはずである。まず、一九一五年二月七日号の『ラチェルバ』誌上に「エジプトのアレクサンドリア風景」(四〇六ページ)と「聖油式」(四〇八ページ)が発表された。「倦怠」

（二〇ページ）が「倦怠」（四二一ページ）の一部であったり、「東地中海」（二一ページ）が「霧」（四二三ページ）と重なる部分を持っているのは、単にウンガレッティの詩の研鑽の結果だけではなく、かつて別種の詩が存在していたことを意味するものとしか、私には思えない。

何よりも、書き溜められてきた——とりわけ砂漠時代の——このような詩篇がなければ、現代イタリア詩の革新を果たした詩集『埋もれた港』は世に現われなかった、と断じてよいであろう。一九一五年、二十七歳のウンガレッティは——いかにも戦争に不向きな人間で、彼は第十九歩兵連隊に入れられるとすぐに病気のため陸軍病院に収容されたりしていたが——その年の暮れには、いきなり、対オーストリア戦線の激戦地カルソの山中へ送りこまれた。ウンガレッティは、後年に、カルソの苦しい戦闘について、何度も語っている。「カルソはわたしにとって社会そのものだった。最も人間的な社会、悲劇的な社会、戦争の社会、しかし何といっても人間的な社会だった……他の人びととの出会い、それは、わたしにとってはカルソで起こった。敬虔な感覚の瞬間に、絶望と名誉と救済とを必要とした瞬間に、苦しみを共有した瞬間に、それは起こった。苦しみのなかでの共有の感覚……兄弟としての感覚。わたしはいつも感じてきた、人間すべてを、幼いときから、兄弟として。本来、それはそういうものであるべきだが——敢えて言っておこう――カルソでは、それが真に主題となった。つきまとって離れないものとなった、真実となった」

最前線の激戦地カルソでの日々。「それは、およそ想像しうる限りの、最も愚かしい戦争の一つであった。戦争というものは、つねに愚かなものではあるが、あれはとりわけて愚かな戦争だった……わたしの眼前には、荒涼たる風景が展開していった。そこには何もなかった。いくぶん砂漠に似ていた。泥があった、それから岩が……」。こうして、彼の意識の背景に退いていた砂漠が、前面に現われてきて、現実の戦闘地カルソの風景と重なり合った。一九一五年十二月二十二日、第四高地にあって、ウンガレッティは砲火にさらされながら、「砂漠の金の麻」(三八ページ)を書きとめた。戦争という苛酷な現実、不条理な世界、甦ってきた砂漠、その真只中にあって、ウンガレッティの目の前に《蜃気楼》が浮かびあがったのだ。すばやく彼はそれを書きとめた、一切の虚飾を払い落とした言葉で。あらゆる情念や感傷の汚れを振るい落とした言葉で。生死の狭間の、鋭い感覚のうちに、詩人が捉えたもの。最小限の、物そのものとしての言葉。闇のなかに一瞬、砲火によって照らしだされた風景。一閃のうちに、切り取られたイメージ。《無》のなかに浮かびあがった《蜃気楼》。戦争と砂漠という、二重の荒野のなかに、定着された言葉。それが、ウンガレッティの初期の詩を形づくった。

3

一九一五年のクリスマス前夜から一九一六年の同じ時期まで、ほぼ一年間にわたって、兵士ウンガレッティの——《苦役の男》ウンガレッティの——魂の記録を小冊子にまとめたものが、詩集『埋もれた港』(一九一六年、ウーディネ)である。ウンガレッティ自身は、後にも述べるが、これらの個人的な記録を出版しようという気持は毛頭もっていなかったという。すべてはエットレ・セッラのせいだった。セッラは、みずからも詩を書き、『ラチェルバ』や『ヴォーチェ』誌を愛読する文学青年だった。陸軍中尉として参戦し、セッラも対オーストリア戦線に来ていた。ヴェルサの野営地で、セッラは、たまたま、風変わりな一兵卒に目をとめた。はなはだしく乱れた制服、とうてい軍人とは思えない緩慢な動作。両手をポケットに入れたまま、帽子は阿弥陀にかぶっていた。泥だらけの靴をゆっくり引きずっている。上官である自分の前を通っても、敬礼しようとさえしなかった。それを見咎めて、いくぶん皮肉をこめながら、セッラはたずねた。

「きみの名前は?」

「ジュゼッペ・ウンガレッティ」

「どこの出身だ?」

「ルッカ。正確には、エジプトのアレクサンドリア」

「……もしやきみは、ソッフィチやチェッキやデ・ロベルティスの友人の、ウンガレッティではないか？」

兵士詩人ウンガレッティは、背嚢のなかにたくさんの詩を詰めこんでいた。それらは軍用葉書や新聞や受け取った手紙の余白などに書きとめられていた。それらの詩のうちの三二篇をまとめて、八〇部だけ印刷したものが、詩集『埋もれた港』(一九一六年)である。刷りあがったばかりの小冊子を持って、一九一六年のクリスマスの休暇に、兵士詩人ウンガレッティは友人たちに配って歩いた。アポリネールにも送った。すると冒頭のシェアブの詩(三四ページ)をフランス語に訳してみた、という返事を寄こした。ところで、激戦の塹壕のなかで、死に狙われながら書きつけた一連の詩篇「埋もれた港」(三三—八四ページ)の冒頭に、シェアブの詩が置かれていることには、重要な意味があると考えておきたい。注意深い読者は、各詩篇の末尾に記された作詩の場所と日付とを追ってゆくうちに、最初の二篇すなわち「思い出に」と「埋もれた港」だけが、作詩月日の順番を守っていないことに気づくであろう。

ウンガレッティとしては、この二篇の詩を、どうしてもこの順番に置く必要があった。一つには、それ以前のすべての詩篇「青春の名残り」と訣別するために。そしていま一つには、みずからにも新しい詩の時代をもたらした一連の魂の記録(もしくは戦中日誌)の冒頭に、これらの二篇を置くために。ウンガレッティは何度も断っている。「わたしは詩集『埋もれた港』を塹壕のなかの生活を始めた第一日から書きだした」。その第一日(一九一五年十二月二十二日)の詩が「砂漠の金の麻」である。しかしこの《砂漠》の心象風景の詩よりもまえに、もっと身近で切実な《内なる砂漠》の詩を、置く必要があったのだ。別な言い方をすれば、ウンガレッティはパリの同じ下宿で生じた親友シェアブの自殺——文字どおり幽明境を異にしてしまった事件——の衝撃を抱えたまま、カルソの山中へ(新たな砂漠へ)とやって来たのである。そして死の砲火にさらされたとき、シェアブと彼とはつねにほとんど隣りあわせていたにちがいない。もしも一日生きながらえることができれば、その証を残そうとして、彼は詩を追ったはずである。「詩人はそこまでたどりつき/歌をたずさえて帰ってくる光のなかへ/そして撒きちらすのだ」(三七ページ)。辛うじて深淵を脱出した者、無からの生還者、それが詩人の誕生を告げるものでなくて何であろうか。

ところで「思い出に」の末尾には「そのぼくにも/やがて/死がくる」(三六ページ、および四九五ページ)という一聯が、初出時には加えられていた。この三行は、激戦の日々のなかで、今日は辛うじて生き残ったが、明日には「秋の/木の/梢の/葉」(一一三—

一一四ページ）のように飛び散ってしまう定めの、儚《はかな》い存在としての自分が、うたわれていて、その緊張感に読む者は強く打たれる。けれども、後になって、この三行を切り放したとき、戦場の死地（ふたたび現われた砂漠）を脱出した詩人の、深い《喜び》が湧き起こってきたことも、察せられるであろう。この生還の喜びのうちに、一連の詩「難破」（八五—一〇六ページ）が書きつがれてゆくことになった。そして読者はまた、ただちに気づくであろう。「難破」の詩篇にも、作詩の年月日が付せられ、順番を守って印刷されているのに、冒頭の一篇だけが順序を破っていることに。そしてこの冒頭の詩に、「難破の喜び」（八六ページ）という題がつけられていることの意味に、思い当たるであろう。

はるかにまた後年のことであるが、一九五九年十一月に、ジャン・ポーランとジャン・フォートリエを伴って、ウンガレッティが不意に来日した。その数週間まえに、ウンガレッティよりも年少のイタリアの詩人サルヴァトーレ・クァジーモドにノーベル文学賞が授与されて、「現代イタリアにもすぐれた詩人たちのいるらしい」という噂が日本のジャーナリズムでも話題になりかけたときのことであった。ウンガレッティは、前年に妻ジャンヌを亡くしたばかりで、失意のうちにあった。それで二人のジャンが、慰めに老詩人を連れだしてきたのだという。フォートリエはウンガレッティの見出した秀れた画家・彫刻家であり、ポーランは長年の友人であり「友人というよりは兄弟に近い関係」であった。日本ペンクラブの歓迎の場でも、初めに挨拶を指名されたポーランが、中腰になって、その役割を兄貴分の詩人に譲った。ウンガレッティはゆっくりと立ちあがった。そして容貌魁偉で、短軀の、この老詩人が――フランス語で――挨拶をした。偶然の機会ではあったが、ウンガレッティにはたずねたいことがいくつもあった。当時はまだ、研究論文など彼に関する資料は、ほとんど出版されていなかった（五七三ページ参照）。もちろん《スペッキオ》叢書六巻（最後の『老人の手帳』はまだ刊行されていなかった――五七三ページ参照）はみな持っていたし、唯一の研究書であるカヴァッリの著書も持っていたので、帝国ホテルのロビーで、風呂敷包みをひらいてみせると、予期せぬことであったらしく、ウンガレッティは薄く裂けた二つの目の奥で、鋭く瞳を光らせた。

私がどうしてもたずねておきたかったことの一つは、モハメッド・シェアブ（正しい発音はムハムマド・シァアブ）が「実在の人物であるか？」という点であった。答えはあまりにも予期していたとおりだった。詩人は即座に答えた、「わたしの友人だった」と。そしてパリでいっしょに暮らしていたことを語ってくれた。けれども、予期せぬ答えのほうも、私は予期していた。ウンガレッティの詩集を初めて手にしたときから、私は「思い出に」に最も強く惹かれていた。それが彼の詩の秘密の入口である、と感じていたからだ。それにしても、万一これが架空の人物だとしたら……　もしも詩人が虚構の分身を生みだしていたとしたら……　そのときは、詩はさらに大きな広がりをもつであろう。

幼かった私も、それまで完璧だと思いこんできた象徴主義の詩法の陥穽に、ようやく気づきだしていたころのことである。それゆえ、私にはシェアブの存在が気にかかった。そして『時の感覚』から『約束の地』へと移ってゆく、より困難なウンガレッティの詩法に、またその途中であまりにも露わにされてしまった『悲しみ』や『叫び声と風景』のなかでのウンガレッティの私詩《わたくしし》の世界に、そしてまたほとんど宗教的な感動へと近づいてゆく彼の詩法に、驚嘆しかつ溜息をついていたころのことである。けれども、いまは、一九一八年の時点に話を戻しておこう。対オーストリア戦線の激戦地カルソでの《苦役》が終わると、ウンガレッティの部隊はフランス方面へ移動した。「難破」と「漂泊の人」(一〇七―一一四ページ)に収められた各詩篇の場所と日付とがその過程を物語っている。

一九一八年、第一次世界大戦が終わると同時に、ウンガレッティの兵士詩人の時期は終わった。第一詩集『喜び』の巻末に置かれた一連の詩「新しい門出」(一九一九年、パリ＝ミラーノ)は、そのまま第二詩集『時の感覚』の冒頭の一連の詩「新しい門出」につながってゆく。前者の「門出」が兵士詩人の時期の詩と異なることは、一行の長さ、句読点の出現、散文詩に近い形態(断片主義詩法ともいう)など、外見からだけでも明らかであろう。また、後者の「門出」を一読すれば、展開されてゆくイメージが、戦火にさらされていたころとは違って、淡い色合いを帯びていることも、容易に認められるであろう。「ヴェールを剝がされた木立ち」(一二六ページ)「幻の星屑の巣」(一二七ページ)「山並はかぼそい煙霧にくだかれ」(一二八ページ)等々。そしてここでは「アフリカの思い出」(一三九ページ)でさえ、あまりにも淡い光や煙る緑に囲まれてしまっている。さらにまた、一九一九年に「最後の日々」と題されたフランス語詩篇(三七五―四〇四ページ)が書かれたことも、思い起こしておきたい。

ところで、この「門出」の時期に、ウンガレッティは二つの重大な選択をした、と考えておかなければならない。第一は、モダニズムの行手には詩の地平が切りひらかれない、と断定したことである。枝葉の問題になるので、いまは多くを述べないが、一九一九年に入ってもパリに残ってフランスの戦後情報の蒐集にあたっていたウンガレッティは、前年にアポリネールの死の床に駆けつけたり、ブルトン、スーポー、サルモン、ツァーラ等々の前衛詩人たちと浅からぬ交友を結んでいたから、第一次大戦後のモダニズム文学(ここでは未来主義に発して、イマジズム、ダダイズムの流れを加え、シュールリアリズムに代表される、両大戦間の前衛文学運動を総称するものにしておきたい)の表舞台に詩人ウンガレッティの登場しないことのほうが、むしろ不思議なくらいである。

けれども、カルソでの戦争の惨禍の体験は、はるかに大きな影響を――ヨーロッパ精神と文明との荒廃の危機を――詩人にもたらしてしまった。ウンガレッティは一九二〇年一月にモディリアーニの葬儀に立ち会い、六月にフランスの女性ジャンヌ・デュポワと結婚した(「見出された女」一二一ページ)。そして一九二二年にイタリアへ戻って、初めはローマに住んだ。外務省印刷局が出版する週刊公報にフランス関係の記事を書いて生活費に宛てていたという。経済的には困窮の連続であった、と回顧している。そのために、一九二三年には物価の安い郊外のマリーノへ居を移して、十年間はこの丘の上の町に住んだ。そしてときおり、ローマ市内へ用事を足しに出かけてゆく生活を、送ることになった。

ここで、一九二二年が、ファシストのローマ進軍の年であったことを、私たちは忘れないでおいたほうがよい。先に述べかけた言葉を承けて、念のために繰り返しておくならば、この時期におけるウンガレッティの選択の第一は、モダニズム文学から最も遠ざかる生き方を選んだことであった。第一次大戦後のイタリア文学の動向(ただしファシズムの文学は除く)を大別するならば、一つは前衛的な文学運動であり、いま一つは伝統の復権を唱えた文学運動である。前者をボンテンペッリの雑誌『ノヴェチェント』(一九二六―二九年）に代表させるとすれば、後者はカルダレッリの雑誌『ロンダ』（一九一九―二二年）に代表されると言ってよいであろう。ウンガレッティはローマに居を移してから、この『ロンダ』派の文学とほぼ軌を一にしながら、彼の詩のみちを切りひらこうとした。イタリアの詩的伝統の復権。これが、ウンガレッティがおのれに課した、重大な選択の第二である。そして一九二二年以降に、ウンガレッティが選び、かつ歩んだ詩の道程は、「詩の必要」（四三二―四八九ページ）に大筋が示されているので、ここでは「詩の必要」に触れられていない二、三の視点を補足すると同時に、欠落してしまった視野を、いくぶん呈示しておこう。

4

一九二二年の時点にあって、「詩の必要」に記されているごとく、ウンガレッティがリヴィエールの「ドストエフスキー論」を取りあげたのは、人間の心の奥に深淵があることを確認するためであった。「神秘は確かにある、それは私たちのなかにあるのだ」（四三六ページ）。このように人間存在の核心に倫理性を認めようとする態度は、ウンガレッティの精神が「第一次世界大戦後の最初の数年間に私を襲った不安」（四四〇ページ）の真只中に置かれていたことをまさに意味している。そのなかで、何らかの秩序を、自分の生き方のうちに、自分の詩法のうちに、彼は見出さねばならなかった。換言すれば、おのれの内なる《無》を、《砂漠》を、かつての芸術家たちの手法に倣って、すなわちレオパルディ、ペトラルカ、そしてミケランジェロの《ピエタ》に倣って、埋めてゆき、最後には《神》の存在をそこに確認しようとするのだ。その過程を、もう少しわかりやすく、説明しておこう。

先にも触れたが、ウンガレッティはまったくの経済的な理由から、ローマ郊外のマリーノに住んだ。事情をよく知らずに詩人はそこへ移り住んだらしいが、この町はローマの南東二〇ないし三〇キロの丘陵地帯（コッリ・アルバーニ）の一角にあって、フラスカーティ、カステル・ガンドルフォ、ジェンツァーノ、ロッカ・ディ・パーパなどの町々とともに、アルバーノ湖とネーミ湖とを囲む古代ローマの神話の影を色濃く留《とど》めた特異な風土のうちにあるのだ。たとえば、フレイザーの『金枝篇』が、このあたりの森の女神ディアーナ信仰の描写から筆を起こすことは、よく知られているであろう。決定版第一詩集『喜び』の最後に置かれた一連の詩「新しい門出」が、すでに指摘したごとく、モダニズム文学との別れ、もしくは去ってゆくパリを背景にした詩篇であったとすれば、決定版第二詩集『時の感覚』の最初に置かれた一連の詩「新しい門出」は、伝統の復権、もしくはラツィオ（ラテン文化発祥の地）を背景にして書かれはじめた、新しい詩篇である。

この時期を境に、ウンガレッティの詩は、淡い色合いを帯びてゆき、見え隠れする神秘の影をうたうようになる。「木の葉、木の葉の姉妹よ、／おまえたちの嘆きに……」(一二六ページ)。「……眠りは乱されて、／彫像の群れも不安に戦《おのの》いている」(一二八ページ)。「逃げだした虹色の花々が／あなたの気高い道の上に／神秘の話し声を撒きちらしてゆく」(一三一ページ)。「若やいだコーラスが無限の彼方に／谺《こだま》していた」(一三三ページ)。「年老いたオリーヴの／樹蔭で臆病な泉となり／あなたは戻ってきて……」(一三七ページ)。そして一九二三年になると、詩の題名に「セイレーン」(一三八ページ)が登場し、いまや「アフリカの思い出」(一三九ページ)のなかにさえ「月の女神」が登場する。

そしてまた、もはや、誰の目にも明らかであろう。一連の詩「クロノスの終焉」(一四一―一六四ページ)は、ラツィオの丘陵地帯を背景にして、古代ローマの神々が徘徊するさまをうたっている。けれどもウンガレッティの神話観は、古代ローマ神話からギリシア神話へと遡ったり、神話の構造そのものを解明しようとする、などという性質のものには、ならなかった。その限りでは、現在の日本でもごく一般的に流布している神話観、すなわち神話を寓話の一種として捉える、という限界の内に留まった、と言ってもよいであろう。いや、むしろ、これらの蒼白の神々のイメージを、類推の象徴詩の方向へ展開させた、と言うべきかもしれない。あるいはまた、『時の感覚』の時代(一九一九―三五年)が、さらにその限界を突き破るまで詩的探求を許すほどの余裕を、ウンガレッティに与えはしなかった、と言うべきかもしれない。

時代はもはやファシズムの真只中にあった。この状況を、ウンガレッティは決して肯定したわけではなく(否定したわけでもなく)ひたすら苦しいものとして一身に引き受けていった。彼は相変わらず《苦役の男》であった。よく考えてみれば、ラツィオの風景に垣間見えたアポローンも、ユノーも、レーダーも、ニンフたちも、結局は、またもや現われた《蜃気楼》であった。《苦役の男》にとって、おのれの渇望を最も癒してくれる影が、やがて現われてくる苦しむ《神》であったとしても、それはむしろ当然の成行きであった。ウンガレッティの嗅覚は、この困難な時代のなかで、じつに的確に働いていたのである。生活のための原稿を外務省印刷局へ持ってゆくときに、あるいはロンダ派の友人文学者カルダレッリやチェッキたちと、またウンガレッティの詩的世界を画布に移したような芸術家カッラ、デ・キーリコ、サヴィーニオたちと、語りあおうとして都会のなかへ出て行くときに、ウンガレッティは永遠の都ローマの広場から広場を歩きまわった。そして、そういう歩行のなかで、詩人は《絶対者》の影を追っていったのである。そして必然的に、バロック芸術の意義に目覚めた。

ローマの中心街(いわゆるヴェッキア・ローマ)は蒼白い石材トラヴェルティーノに刻ま

れたバロックの影に満ちみちている。このことの重要性はいくら強調しても強調しすぎることはない。「定住するためにローマにやって来たとき、わたしはヨーロッパじゅうを歩きまわったあとだった。にもかかわらず、ローマはまったく異なった都会だった。最後には、ここが、わたしの土地になるであろう。けれども、まだ着いたばかりのときには、決して慣れる日が来ないのではないか、とさえ思われたほどである。至るところに聳え立つ記念碑的な建築群、歴史の跡。壮大な気配、壮大で堅固な気配、そういう遺跡の名残りは、何であれ、絶対にわたしには馴染まなかった。それなのに、それがバロックというものだ、バロックが担っているものだ、バロックの奥底にあるものだ、と思い知ったとき、ローマはわたしの都会になった」

ベルニーニやボッロミーニの刻んだ石の影、彼らの卓抜な腕が築きあげた石の陰影を追ってゆくうちに、詩人はバロックの淵源に立つ巨匠ミケランジェロの姿を認めた。おのれが探し求めていた究極の芸術を、詩人はそこに見出した。一九二八年の「ピエタ」(一九八ページ)、一九三二年の「ローマのピエタ」(二一三ページ)、そして一九三五年の「革命に斃《たお》れた戦士へのエピグラフ」(一九二ページ)を読むとき、聖ピエートロ大寺院の名高い「ローマのピエタ」はもちろん、ミケランジェロ晩年の三作「フィレンツェのドゥオーモのピエタ」「パレストリーナのピエタ」そして「ロンダニーニのピエタ」の彫像を、読者はぜひ思い返していただきたい。ウンガレッティの詩がどれだけ深くミケランジェロに負うているかは、明らかであろう。

これらの『時の感覚』の詩篇、その最後の詩のグループ「死の瞑想」(二一七—二二五ページ)の蒼白のイメージの世界、またこのグループの直接の延長線上に位置する決定版第四詩集『約束の地』(一九三五—五三年)の詩的世界を、訳文で示そうとすると、しかしながら、私自身はじつに深い幻滅に襲われてしまう。理由の一つは、これらのウンガレッティの詩篇に鏤《ちりば》められたレオパルディとペトラルカの詩句を思い出さざるを得ないからである。しかし、それ以上に大きな、いま一つの理由は、『時の感覚』『悲しみ』『約束の地』『叫び声と風景』そして『老人の手帳』に至るまで、どこのページをひらいても、響いてくる、あの伝統的なイタリア詩の韻律だ。

「当時、私たちを取り巻く文学界において、韻文詩などでこれから先やっていけるはずがない、と誰もが言った。最良の意図をもつ雑誌でさえ、韻文詩を掲載することが不名誉であると感じないものはなかった……私は虚心に過去の詩人たちを読み返していた、とりわけ詩人たちの歌心を。ヤコポーネ、ダンテ、ペトラルカ、グィットーネ、タッソ、カヴァルカンティ、あるいはレオパルディたちの詩的表現を探し求めたのではなく、彼らのうちに私は音楽性《カント》を求めていた。誰それの十一音節ではなく、九音節でもなく、また他の誰かの七音節でもない。私が探し求めていたのは、十一音節そのものであり、九音節そのものであり、七音節そのものであった。つまり、イタリア語の音楽性であった」(四四〇—四四一ページ)。たとえば、先にも掲げた二つの「新しい門出」の韻律を比べてみればよいであろう。前者が「パリのアフリカ人」「皮肉」「ルッカ」「見出された女」などにおいて散文詩に近い形態をとっていることは、訳文を見てもすぐにわかる。ところが後者の——つまり『時の感覚』の——最初の詩「おお夜よ」(一二六ページ)ではつぎのように書きだされている。

Dall'ampia ansia dell'alba(広びろとした不安の暁に
Svelata alberatura(ヴェールを剝がされた木立ち)

一行目の音節の数が(Dal-l'am-piaan-sia-del-lal-ba)七つであり、二行目も(Sve-la-taal-be-ra-tu-ra)七つであることが、そして二行にわたって強調されたa(ア)の音があることが、わかっていただけるであろうか。問題は(イタリア語の)音楽性なのだ。たとえばまた、後者の「門出」の最後の詩「アフリカの思い出」(一三九ページ)の書きだしを見てみよう。

Non più ora tra la piana sterminata（いまではもう果てしない平原と広い海との）
E il largo mare m'apparterò, né umili（あいだに閉じ籠ることもなく、また遠い時代の）

二行とも十一音節で出来ていることがわかっていただけるであろうか。そしてつぎに来る一行詩「山鳩」（一四二ページ）でさえ、あの含み声の鳥の鳴く声のうちに、迫りくる轟音を予感させ、同時に十一音節を響かせているのだ。

D'altri diluvi una colomba ascolto.（山鳩の鳴く声にぼくは別の大洪水の音を聞いている）

『時の感覚』のどこのページにも——繰り返して言っておくが——『悲しみ』にも、『約束の地』にも、それ以後のいかなる詩集にも、十一音節（エンデカシッラボ）が、七音節（セッテナーリオ）が、あるいは九音節（ノヴェナーリオ）が……響きあっている。要するに、『時の感覚』以後のウンガレッティの詩は、韻文詩なのだ。そのことが翻訳を絶望的に困難にさせる。と同時に、イタリア人の読者にも、ある種の制約を加えるであろう。さらに言えば、作詩者であるウンガレッティ自身にも、強い制約を加えたはずである。彼の詩法の頂点を示すと言ってもよい『約束の地』の冒頭の「カンツォーネ」(二八九ページ)を読むとき、完璧な韻文詩の出来映えに驚嘆させられるが、それと同時に、息苦しいまでの技法を感じてしまうのは、おそらく私ひとりではないであろう。

Nude, le braccia di segreti sazie,
A nuoto hanno del Lete svolto il fondo,
Adagio sciolto le veementi grazie
E le stanchezze onde luce fu il mondo.

(露《あら》わな、秘密に飽きた両腕が、
泳ぎながら忘却《レーテー》の川底を拓《ひら》いていった、
ゆるやかに溶かしていった、激しい恩寵と
かつては光が世界であったところの疲労とを。)

Nulla è muto piú della strana strada
Dove foglia non nasce o cade o sverna,
Dove nessuna cosa pena o aggrada,
Dove la veglia mai, mai il sonno alterna.

（あの奇妙な道にまさる沈黙はない
ここには木の葉は生まれず散りもせず冬も去らない、
ここには苦しみの種も喜びの種もない、
ここには目覚めもなく、眠りに代わるときも決してない。）

十四世紀の大詩人ペトラルカが卓抜な技法を駆使して書き残したあのカンツォーネが、ここではみごとに息を吹き返している。連なってゆく十一音ばかりでない。下線で示したように、脚韻も頭韻も踏まれてゆく。しかも内容的には、レオパルディの（あるいはマラルメの）めざした、あの蒼白の世界に近いものを、描きだしている。

5

ここでウンガレッティを見る視点を、少し変えておこう。両大戦間に――もしくはファシズム時代に――彼の詩はどのような読まれ方をし、また詩人自身はどのように読まれることを願ったのであろうか。『時の感覚』の詩篇の大半は『コメルス』『ガッゼッタ・デル・ポーポロ』『イターリア・レッテラーリア』などの新聞・雑誌に発表された。『コメルス』は一九二四年夏から一九三二年冬までパリで出版された文芸季刊誌で、ウンガレッティは親しい友人ポーランに誘われて自作の詩篇を発表し、レオパルディのフランス語訳を載せ、編集にも協力した。ウンガレッティは回想して言う。「ほとんど毎号、『コメルス』には、もちろん、欠かすことなく、ポール・ヴァレリーの協力があった……読み返してみればいまや誰の目にも容易に明らかである、彼こそは最も輝かしい知性の一人であり、あの時期の完璧な詩人であったことが」

『ガッゼッタ・デル・ポーポロ』はトリーノの新聞であるが、一九三一年から四年間、ウンガレッティはこの新聞と契約して寄稿し、特派員として二十年ぶりにエジプトを訪れたり、コルシカ島、オランダその他、ヨーロッパの各地を訪れて、記事を書いた。「詩の必要」の重要な部分(四四〇ページ)も、ここに発表されたものである。また『イターリア・レッテラーリア』は一九二九年から三三年まで発刊された週刊文芸紙で、ウンガレッティは自作の詩を発表すると同時に、この紙上で自分の詩心をめぐるインタヴューにも応じている。とりわけ、ウンガレッティの回心を表明した、一九二八年の詩「ピエタ」（一九八ページ）は、この文芸紙に発表された。ただしこの詩は、それに先がけて、彼自身がフランス語に訳して、パリの『N・R・F』誌にも載せている。なおまた「ローマのピエタ」（二二三ページ）は『イターリア・レッテラーリア』紙の一九三三年六月に掲載された。献辞の相手ラファエーレ・コントゥはヴァレリー『ユーパリノス』のイタリア語訳者であり、この訳本に付したウンガレッティの「序論」は、それだけで独立して、やはり『イターリア・レッテラーリア』紙の一九三二年十月に掲載された。要するに、いま詳しく述べる余裕はないが、ウンガレッティは当然のことながら、両大戦間に、最も注目すべき同時代の詩人として、ヴァレリーに着眼していたのである（ウンガレッティ没後の一九七四年にまとめられた厖大な『評論集』にも、アポリネール、ポーランと並んで、ヴァレリーに関する言及が圧倒的に多く収められている）。また、過去の詩人としては、彼の関心はレオパルディとボードレールに集中している。前者が「至るところに罪の痕跡を追ったキリスト者」であり、後者が「呪いの言葉しか知らなかったキリスト者」であるという意味合いにおいて。

ウンガレッティの回心は、一九二八年に、スビアーコの修道院で一週間を過ごしたときに、生じたという。この時期の知識人の回心としては、たとえば、典型的なものとして、初めにあれだけキリスト教界へ罵声を浴びせかけながら、一九二一年に回心を果たして、たちまちに大作『キリスト伝』を著わした哲学者パピーニの場合を、思い出せばよいであろう。ウンガレッティは回想している。「あの当時、人びとは新たな大戦の近いことを感じはじめていた。そういう時期に、わたしの魂の奥底から、つぎつぎに、身を引き裂きながら、「ピエタ」その他の、「讃歌」(一九五―二二五ページ)に収めた詩篇が、迸り出てきた。人間同士の意志不通、避けがたい恐怖をめぐって悪化してゆく政治的諸条件、さらに個人的な事情も加わって、わたしは絶望の淵に立たされていた。そのとき、しばらくのあいだ、わたしはスビアーコの修道院に引き籠った。そして翌年には、モンテカッシーノの修道院に引き籠った」

このようにして、詩人が率直に告白しているように、両大戦間の――もしくはファシズム期の――不安のさなかにあって、彼の詩に《神》が登場する。「わたしは傷ついた人間だ。//ここを出て行って/ついには着いてみたい、/ピエタよ、人間が独りきりになって/おのれに耳を傾けるところへ。」一九二八年の詩「ピエタ」(一九八ページ)は、七音節と十一音節の交錯するうちに、悲痛な声を響かせる。「いや、わたしは憎んでいるのだ、風を／追憶の彼方の獣《けだもの》の叫び声を。／／神よ、あなたに祈る者たちはもはや／あなたの名前しか知らないのではないか？／／……／／降り積もった影の希望／運命とはそれだけのことではないか？／／そしてあなたは一つの夢にすぎないのではないか、神よ？」このようにして、ウンガレッティの詩のなかに現われた《神》のことを思うと、それが砂漠の時代から一貫して彼の追ってきた《蜃気楼》の変貌した姿としか、私には思えない。

それにしても「夢みて、信じて、愛したあまりに／ぼくはもうこの世にいない」と書きだされる、あの印象的な、一九三五年の「革命に斃れた戦士へのエピグラフ」（一九二ページ）は、いったい誰に向けて書かれたのであろうか？　一九三五年の時点で、とくに意識された「革命」とは、何か？　かつて、ある秀れた詩人が言ったように、真の詩は誰かに向かって書かれるものではない。それは誰に向かっても書かれないものであり、同時にすべての人びとに向かって書かれるものだから。それゆえ、よくよく考えてみれば、「誰に向けて書かれたのか？」という私の疑問は、無意味なものかもしれない。

けれども、「革命に斃れた戦士へのエピグラフ」が初めて活字化されたのは、一九三五年にローマで編まれた『ファシスト詩人選』（一巻）のなかにおいてであった。このアンソロジーには、彼の作品のうち、他にも、初出ではないが、「ローマのピエタ」（二一三ページ）や「一九一四―一九一五年」（一八八ページ）、古いものでは「祖国の民」（二九ページ、ただし異稿が多い）などが収められていて、とりわけ最後の詩篇には「ベニート・ムッソリーニへ」の献辞もついていた。ウンガレッティとムッソリーニとの関係は、いくつか取り沙汰されている。たとえば、一九二三年にラ・スペツィアでエットレ・セッラの手で再刊された詩集『埋もれた港』（四九二ページ参照）には、ムッソリーニの序文が付せられているので、つぎに全文を訳出しておこう。

「ジュゼッペ・ウンガレッティがどのようにしてわたしの人生の環のなかへ入ってきたのか、いまはうまく思い出せない。戦争中かあるいはその直後のことであったにちがいない。しばらくのあいだパリで『ポーポロ・ディ・イターリア』の通信員をしていてくれたことは覚えている。彼は政治的な通信員ではなかった。ましてやフランス情報の些細な蒐集者でもなかった。折に触れて書き送ってきた彼の記事は、一般には看過ごされそうな問題を取り扱っていた。それは新しい観点から報じられた調査であり予測であった。それから、ファシスト革命が成ったあとに、たまたま、彼が外務省印刷局にいることを知った。打明けて言うと、事態はわたしには矛盾してみえた。ただし、一見したかぎりにおいてのことではあるが。なぜなら、よく考えてみれば、官僚機構と詩、官僚組織と芸術は、必ずしもつねに混ざりあえないものではないことを、思い出したからである。ギー・ド・モーパッサンはたしかフランス行政府の役人であったし、現代フランスの最も魅力的な詩人の一人は外交官である。それにしても、長い歳月を経たのちに、官僚としての人間がついに詩人を殺さなかったとは。そのことを、この一巻の詩集は示している。わたしの任務は詩集の出来映えを論ずることではあるまい。これらのページを読む者は、感覚、苦悩、探求、情念、そして神秘から成る詩の、深い証言の前に、立たされるであろう」

この序文はエットレ・セッラの強い希望によって詩集に付せられることになり、刷りあがった限定版五〇〇部は通常の商業ルートに乗らなかったので、第二次大戦の終わりまで、一般の人びとの目に触れることはなかった。そして知人や友人たちに贈られただけであったという。ウンガレッティとムッソリーニとの関係は、私の考えでは、毛頭黙秘されるべき性質の事柄ではないと思う。私たちが真の詩を考えようとするかぎり、肯定されるべきものを肯定するために、また否定されるべきものを否定するために、そのような態度は詩を論ずる基本的な条件として私たちが引き受け、かつ守らなければならないものだ。たとえば第一次大戦後、ウンガレッティはパリに残ってフランスの戦後「情報文献の整理に」(五八一ページ)当たっていた。それは、その後の外務省印刷局での場合と同様に、経済的な理由から引き受けていた仕事であった。ムッソリーニが通信員ウンガレッティに送った事務的な手紙が数通残っている(一九一九年十月二十日、十二月十三日など)が、それらに目をとおして、私がいちばん興味を覚えるのは、宛先が「カルム街五番地」になっていることだ。

すでに繰り返し述べてきたように、《砂漠から来た男》は、尽きない《無》をおのれの内につねに抱えこんで、それを詩として撒きちらしてきたのだ。自分の詩の基本的な性質をめぐって、晩年のウンガレッティは、過去を振り返りながら、一貫してそれが宗教的な性質のものであった、と語っている。「……人間が戦争をする存在であると思い知ったときから、殺すとか殺されるという考えがわたしを苦しめたことはない。わたしは、絶対との関係以外には自分に対して何も望まない人間であり、絶対は死によってのみ表わされるのであって、危険によってではない……わたしの詩のなかに、敵に対する憎しみは一片もない。そのようなものは誰に対しても持っていない。あるのはただ人間の条件に対する意識の目覚めだけだ、苦しみのなかに置かれた人間に対する連帯感だ……」。そして砲火のなかで生まれた最初の詩篇も、公表するつもりなど一切なく、背嚢のなかにただ書き溜めていたのだ、と繰り返し語っている。もしかしたらウンガレッティは、詩の行為が、文学の行為が、しばしば一種の冒険主義に傾く危険に、気づいていたのかもしれない。「(自分が書き溜めつつあった詩は)誰かに見せようとしていたものではなかった。公表する考えなど持っていなかった。わたしは戦争を望んでいた人間ではない。

何らかの賞讃を得るために戦争に参加したわけでもない。かつても、そしていまも、戦争のごとく大きな犠牲を一国民に強いるような事態には、非常な恐れを抱いているので、そういう状況下でおのれの虚栄を求めるような行為があれば、それが何であれ、わたしの目には冒瀆としか映らないであろう……」。だからこそ――と私は言っておきたい――あの「革命に斃れた戦士へのエピグラフ」の詩が書かれたのだ。

けれどもあの美しい手がただちに
支えてくれる早くも萎《な》えかけたぼくの足取りを、
いまは魂が失われかけ
千倍もの意志をもっていた
この腕があまりに重く伸し掛かってくるなかで、
それこそは母なる祖国の手だ。

この詩句の、一行一行に、ミケランジェロ最後の「ロンダニーニのピエタ」像が、あの崩れ落ちてゆく青年（キリスト）を支えようとして影のごとくに寄り添う母（マリーア）の姿が、あるいは崩れ落ちながらも悲しみの影をなくした母を支えようとする青年の姿が、浮かびあがってくるであろう。それにしても……一九三五年のことだ。《砂漠から来た男》は、「ファシスト革命」が必然的に行きついたエチオピア侵略戦争を、いったいどのように考えていたのであろうか？　一九三六年、南米のアルゼンチンでペンクラブがひらかれたさいに、講演旅行をしたのがきっかけで、ウンガレッティはサンパウロ大学にイタリア文学教授として招かれることになった。四十八歳になって初めて得た定職である。それにしても……遠いブラジルからとはいえ、スペイン戦争を、いったいどのように考えていたのであろうか？

第二次世界大戦が始まり、一九四二年、ウンガレッティはイタリアに送還され、ローマ大学教授になった。周知のごとく、一九四三年九月から四五年四月まで、激しい国内戦のあとに、イタリアは解放された。そして一九四七年に、ウンガレッティの公職追放が問題になった。ファシスト政権の直接任命によって、ローマ大学教授になっていたからである。そのときの情況は、必ずしも分明でないが、詩人モンターレが追放に反対した。詩人サーバはもちろんである(ブラジルから一時帰国していたとき、ユダヤ系のサーバを弁護して反人種主義の言動があったため、ウンガレッティは逮捕された経験がある)。結局、文部大臣の決定と、ローマ大学文哲学部内での票決に委ねられた。その最も微妙な瞬間に、反対票に投じて、詩人の留任に決定的な影響を与えたのが、サペーニヨであったという。ローマ大学におけるウンガレッティの講義は、ペトラルカやレオパルディを初めとするイタリアの詩人論や詩法をめぐってであったらしい。そして一九五八年に定年でローマ大学を退き、五九年秋に不意に来日したことは、先にも少し触れた。同じ秋に、詩人クァジーモドがノーベル文学賞を受賞したばかりであった。

「一九四三年前後の、戦争の惨禍と熾烈な抵抗運動とによって、それまでのイタリア現代詩は過去のものになった」。そういうクァジーモドの主張は、詩集『来る日も来る日も』(一九四七年)などの実作の重みとともに、ウンガレッティの詩的世界に拮抗する力を持っている。そして一九七五年(クァジーモド、ウンガレッティの二人が逝ったあと)に、ノーベル文学賞を受けたモンターレの、地中海の呻きにも似た、あの驚くべき詩的世界も、私たちには忘れられない。そしてまた、一九三五年から三六年にかけて、イタリア半島南端の海辺の、小さな、あの平たい、白塗りの小屋に流刑されて、しきりに校正刷を直していたパヴェーゼの、神話を現実に捉え返した、恐るべき詩集『働き疲れて』(一九三六年)のことも……

不意に、ウンガレッティが日本を訪れてから、指折り数えてみると、もう二十八年の歳月が流れようとしている。「カルドゥッチ、パスコリ、ダンヌンツィオによって築かれた近代イタリアの詩的修辞法を、自分は絶ち切った」と、ウンガレッティは強い口調で語った。(ノーベル賞という世俗の文学賞に過大な価値は与えたくないが)カルドゥッチもまた、一九〇六年に、これを受賞した詩人である。不意に来日して語りあっていたとき、ウンガレッティは、ある瞬間に、私にたずねた。「ほかに、どういう詩人が、よいと思うか?」

「カンパーナが、よいと思う」そう答えると、私の祖父にも近い年齢であった老詩人は、目を細めて言った。「カンパーナは、よい詩人だ」

「若くして、貧しく死んだが、コラッツィーニも、よいと思う」そう私が言うと、老詩人は細い目をさらに細めながら言った。「コラッツィーニは、よい詩人だ」

背が低いのに、巨人のようなウンガレッティは、別れぎわに、八つ手みたいに大きな掌《てのひら》のなかに私の手を握って、ローマに来たら訪ねてくるように、と住所まで書いてくれた。その約束は果たせなかった。せめて『埋もれた港』一巻だけでも、日本語に移したうえで、訪ねたかったからである。今回の『ウンガレッティ全詩集』も、いまから十年ほどまえに筑摩書房から上梓されるはずで、予告まで出かけたが、たまたま書房の出版事情から今日になった。この遅延は、もちろん、私に幸いした。訳文が少しは悪くなったのではないか、と期しているからである。それればかりでない。一八八八年二月に、砂漠のなかの町で呱々の声をあげたジュゼッペ・ウンガレッティの生誕百年に、折よく、詩を愛する読者たちの前へ届けられることになったからである。私もまた信じている、「まさに詩だけが、人間を回復できるのだ」。

日本において、古く豊かな伝統を誇るイタリアの詩が紹介される機会は、滅多にない。このたび『ウンガレッティ全詩集』の出版を粘り強く実現してくださった、筑摩書房と編集担当の淡谷淳一氏に、またわざわざ装幀の労を執ってくださった、尊敬する詩人吉岡実氏に、そしてまたフランス語詩篇の訳文を検討してくださった、年少の畏友西永良成氏に、末尾ながら、深甚の謝意を表させていただく。

一九八七年秋

河島英昭

あとがき

このたび『ウンガレッティ全詩集』(筑摩書房、一九八八年一月一日)を文庫化するにあたり、若干の補足を記しておきたい。

第一に、現代イタリア文学の基本の一つとも言うべき本書が、長年、図書館に埋もれていたのを憂えて、広く一般読者に知らせたいと発案したのは、岩波書店常務取締役ご在職時の小島潔氏であった。

第二に、本書は、〔ウンガレッティ生誕百年に合わせ、奥付に一九八八年一月一日と記して刊行したが、〕一九八七年に発表されたイタリア文学の翻訳作品のうち最も秀れたものとして、第一回『ピーコ・デッラ・ミランドラ賞』(イタリア文化会館・イタリア農業銀行主催)を与えられた。選考委員は、篠田一士、都留重人、加藤周一、ジョルジョ・デ・マルキス文化会館長、の諸氏。いまは皆、故人となられてしまった。

第三に、本書出版以後に、ウンガレッティに関して、次の二書を刊行した。

(1)『ウンガレッティ詩集』(河島編・訳、小沢書店、一九九三年) 双書〈二〇世紀の詩人

9〉として出版。ウンガレッティは終生、自分の詩に手を入れつづけたので、この『詩集』では、なるべく発表時の処女詩集に近いものを再現してみた。この企ては訳者の積年の願いでもあった。

(2)『ウンガレッティ——詩人の生涯』（花神社、一九九四年）この拙著は、ウンガレッティの人生と詩心と詩法を詳細に検討しながら、「詩とは何か」「詩人の責務とは何か」という普遍的で根源的な問を追ったものである。

右の拙著には、一九五九年十一月にウンガレッティが来日したさいの、私の個人的な思い出を、かなり詳しく記しておいたので、先に述べた内容と重複する箇所があることを承知しつつも、以下に大半を転写して、読者への寄与としたい。

〔日本ペンクラブによる、ウンガレッティ一行の歓迎会が、東京の椿山荘で催され〕ひとしきり歓談の雑踏があったのちに、やっと私たち数名のイタリア文学に携わる者たち——当時、私はその最年少者であった——の輪のなかへ、ウンガレッティが入ってきた。誰かがたずねた。詩人クァジーモドを、どう思うか？

机のように肩幅の広いウンガレッティの背中は、歳月の重みで少し丸くなっていたが、そのとき、口をひらいて、大きく息を吸いこんでゆき、やがて顔を斜めにあげ、一瞬、息を止めてから、日本庭園の木立ちの闇へ向かって、鋭く言い放った。

「イーミ・タ・トーレー！」〔イミタトーレ＝模倣者〕

消えていったその谺《こだま》に耳を傾けながら《ウンガレッティもそうとうな歌い手だ》と思ったことを、いまでも覚えている。ウンガレッティ、クァジーモドと並ぶ、現代イタリアの最も大きな詩人モンターレが、初めはオペラ歌手を志していた挿話を、思い出したからだ。それにしてもウンガレッティが、日本のあの秋を通り過ぎていったあいだに、クァジーモドについて触れたのは、このときだけであった。（……）

ウンガレッティとはもう少し落着いて話しあいたかったので、翌日ホテルを訪ねたい、と私たちは言い、彼のほうもそれを承知して、帝国ホテルのロビーで会った。が、その日は、ポーランやフォートリエたちとのスケジュールもあり、落着いた時間がもてなかった。そのことを詫びながら、詩人は私が持参したモンダドーリ社決定版第一詩集『喜び』に署名をして、詩のような二行を書きこんでくれた。「きみがイタリアを愛してくれるので／ぼくが日本を愛しているのと同じように」（……）

三日後に、私たちはまた帝国ホテルのロビーで落ち合った。今度は、時間に余裕があった。私はシェアブのことをたずね、アポリネールのことをたずねた。いずれも「自分の友人だ」と前置きしてから語ってくれたが、シェアブのことは「シンチェーロ・アミーコ（心からの友人）」と呼び、アポリネールのほうは「フラテッロ・マッジョーレ（長兄）」と呼んだ。話は、当然のことながら、現代イタリア詩に及び、エルメティズモのことにもなった。その流れのなかにおけるウンガレッティの詩的立場が、話題になった。

たとえば、同行した岩崎純孝氏は、日本においてイタリア文学をイタリア語から訳してきた数少ない先達の一人であるが、「自分はイタリア語が話せないから」と率直に言って、持ってきた花束を詩人に渡しただけで、黙ってしまった。誰かが、知っていたイタリアの詩人の名前を、二つか三つ、口に出した。

「カルドゥッチ、パスコリ、ダンヌンツィオ」という一続きの名前が繰り返された。

「そして詩人ウンガレッティ……」

ロビーの低いテーブルを囲んで、私たちはソファーに腰かけていたが、ウンガレッティは前かがみに身を乗りだした。広い肩幅が、さらに広く見えた。この肩の上に、兵士詩人は銃をかつぎ、背負った背嚢のなかに、あの『埋もれた港』の詩篇を入れて、カルソの戦場をさまよっていたのか。「苦役の男、ウンガレッティ……」という詩句が、私の脳裡をよぎった。そのときである。「ノー！」という声が聞こえたのは。誰かが、繰り返した。

「カルドゥッチ、パスコリ、ダンヌンツィオ、そしてウンガレッティ……」

「ンンヌオオーオー！」

それはもう《怒鳴る》などという、生やさしい言葉では表わせないものだった。後年に、イタリアで友人や知人の回想記が出て、そういうなかに「ウンガレッティがふつうに喋る声は怒鳴っているのと同じだったから、もしも彼が怒鳴ったりしたら、どんなことになるか」といった文章を見つけるたびに、あのときの、すばらしい否定の響きが思い出されて、いまでも私は微笑んでしまう。

しかしあの場では、傍《はた》から何かが出来るわけではなかったから、若かった私は黙って見守っていた。いまや、テーブルに突き立てたウンガレッティの巨大な拳《こぶし》は、汗を握りしめていた。目もとにも汗がにじんでいた。それを隠そうとしたのか、いや、あの稲妻のような両眼の光を、見せるまいとしたのであろう。ポケットから暗い色のサングラスを取り出して、さっと目のまわりを覆ったりした。そしてまた、すぐに、それをはずした。重苦しい沈黙が私たちを包んだ。そういうなかで、ある瞬間に、ウンガレッティが、私のほうに向き直って、たずねた。

「ほかに、どういう詩人が、よいと思うか？」

「カンパーナが、よいと思う」そう答えると、私の祖父にも近い年齢であった老詩人は、目を細めながら言った。

「カンパーナは、よい詩人だ」

「若くして、貧しく死んだが、コラッツィーニも、よいと思う」

そう私が言うと、老詩人はいまや、細い目を、さらに細めて言った。

「コラッツィーニは、よい詩人だ」

つぎの瞬間、彼は、私の膝の上でほどきかけたままになっていた風呂敷包みのうち、数冊の、彼のイタリア語詩集のなかから、手を伸ばして、『約束の地』を選び取るや、そこにイタリアの彼の住所を書きこんだ。「ローマに来たら寄ってくれ」と言った。それから、住所の下に、数センチの緑色の線を横に引くと、しばらくのあいだ考えたのちに、またペンを握り直して、あの魁偉な容貌を白いページに近づけながら、書いていった。「わたしの詩心に／語りかけてくれた／情けに感謝して」


のちに、一九六五年度の特別留学生として、私がローマ大学に赴いたときには、ウンガレッティは七〇歳の定年を過ぎて、すでに退職していたから、後任のジャーコモ・デベネデッティが授業を行なっていた。ウンガレッティは住所もローマ郊外のＥＵＲに移していた。短い留学の期間内に、詩人を訪れる機会は、残念ながら、なかった。

ウンガレッティが亡くなって久しい一九八八年に、すなわちウンガレッティ生誕百年の春に、私はローマへ飛んだ。あのとき帝国ホテルのロビーで書いてもらった住所「レムーリア広場三番地」を、初めて訪ねてみると――そこがロシアの文豪トルストイの持家であり、その娘タチアーナから詩人が借りていたことは、聞いて知っていたが――松林のなかの閑静な好ましい住まいであった。そして詩人の昔日を思いながら、いまはもう、残る場所として、ここに行くしかない、と意を決し、ローマ大学東方に広がる、城壁外の聖ロレンツォ教会堂の墓地、カンポ・ヴェラーノへ向かった。肝心のウンガレッティの墓石を見出すのは容易でなかったが、広い墓地で働く人びとの好意のおかげで、何とか探しあてることが出来た。そして墓前に、ささやかな花束を供え、ようやく成った『全詩集』の翻訳と刊行を報告したのであった。

今夏の『クァジーモド全詩集』に続き、このたびもまた、岩波文庫編集長の入谷芳孝さんの、繊細なご配慮と真摯なご尽力によって、『ウンガレッティ全詩集』を上梓する運びとなった。

この二冊が岩波文庫に並びたつことで、豊饒なイタリア現代詩への入口が、日本の読書界に、新たに大きく開かれていくことを願うばかりである。

二〇一七年十二月

河島英昭

『ウンガレッティ全詩集』編纂のために使用した文献

1. Giuseppe Ungaretti, VITA D'UN UOMO,《Lo Specchio》, Mondadori.

Ⅰ *L'allegria*（1914–1919）, 1942.
Ⅱ *Sentimento del tempo*（1919–1935）, 1943.
Ⅲ *Poesie disperse*, 1945.
Ⅳ *Il dolore*（1937–1946）, 1947.
Ⅴ *La terra promessa*（1935–1953）, 1954.
Ⅵ *Un grido e paesaggi*（1939–1952）, 1954.
Ⅶ *Il taccuino del vecchio*（1952–1960）, 1961.

底本には上の《スペッキオ》叢書版全7巻を用いた。ただし*Poesie disperse*（散逸詩篇）はその性質を考え、活字のポイントを若干落として、巻末に置いた。

2. Giuseppe Ungaretti, VITA D'UN UOMO,《I Meridiani》, Mondadori. *Tutte le poesie*, a cura di Leone Piccioni, 1969.

上の《メリディアーニ》叢書版からは、フランス語詩篇*Derniers jours*（最後の日々）と詩論*Ragioni d'una poesia*（詩の必要）とを底本に用いた。ただし「最後の日々」についてはその性質を考え、活字のポイントを若干落とした。

『ウンガレッティ全詩集』作成のために利用した主な参考文献

1. Giuseppe Ungaretti, *Il deserto e dopo*, Mondadori, 1961.
2. idem *Les cinq livres*, Texte français établi par l'auteur et Jean Lescure, Les Éditions de Minuit, 1953.
3. idem *Life of a man*, a version with introduction by Allen Mandelbaum, London–New York–Milan, 1958.
4. idem *Innocence et mémoire*, Traduit par Philippe Jaccottet, Gallimard, 1969.
5. idem *Selected Poems*, Edited and translated by Patrick Creagh, Penguin Books, 1971.
6. idem VITA D'UN UOMO,《I Meridiani》, Mondadori, *Saggi e interventi*, a cura di Mario Diacono e Luciano Rebay, 1974.
7. *Ungaretti*, Éditions de l'Herne, 1969.
8. *Per conoscere Ungaretti*, a cura di Leone Piccioni, Mondadori, 1971.
9. Gigi Cavalli, *Ungaretti*, Fabbri, 1958.
10. Ioan Guţia, *Linguaggio di Ungaretti*, Le Monnier, 1959.
11. Luciano Rebay, *Le origini della poesia di Giuseppe Ungaretti*, Storia e letteratura, 1962.
12. Folco Portinari, *Giuseppe Ungaretti*, Borla, 1967.

13. Leone Piccioni, *Vita di un poeta*, Rizzoli, 1970.
14. Giorgio Luti, *Invito alla lettura di Giuseppe Ungaretti*, Mursia, 1974.
15. Carlo Ossola, *Giuseppe Ungaretti*, Mursia, 1975.
16. Glauco Cambon, *La poesia di Ungaretti*, Einaudi, 1976.
17. Maura Del Serra, *Giuseppe Ungaretti*, La Nuova Italia, 1978.
18. Leone Piccioni, *Ungarettiana*, Vallecchi, 1980.

上に挙げたうち、9以下の研究書類は、単行本としてまとめられたもの――いわゆるモノグラフィーア――だけであり、他にF. Flora, G. Contini, G. De Robertis, A. Gargiulo, G. Spagnoletti, L. Anceschi, G. Barberi Squarotti, P. Bigongiari, E. Sanguineti, S. Solmi, M. Guglielminetti, G. Pozzi, S. Ramat など諸家の論考も参照した。

年　譜

一八八八年

二月八日、エジプトのアレクサンドリア市ムハッラム・ベイに生まれた。ただし戸籍上の出生日は、届け出の遅滞か記録の過失によって、二月十日になっている。両親はともにイタリア人。父アントーニオ・ウンガレッティはルッカ地方サン・コンコルディオの出身、母マリーア・ルナルディーニは同じルッカ地方サント・アレッシオの出身。アントーニオがスエズ運河掘削工事にたずさわるため、ふたりはエジプトに来た。一八八〇年に兄コスタンティーノが生まれている。

一八八九年（一歳）

スエズ運河工事中の事故が原因で、父親は死亡。母親がムハッラム・ベイの住居に以前からひらいていたパン屋の店をつづけて、一家の生計を支えた。

一八九七年（九歳）

ドン・ボスコ修道院付属学校に通いはじめる。未来派の詩人マリネッティもここで初等教育を受けた。

一九〇六年（十八歳）

この年まで、アレクサンドリアの名門高等学校エコール・スイス・ジャコットに通う。授業はフランス語で行なわれ、教授陣にはフランス本国の新しい文学を説くものが多かった。このころ『メルキュール・ド・フランス』誌を購読。レオパルディ、ボードレール、マラルメ、ニーチェを読んで文学に目覚める。同級の文学青年モハメッド・シェアブと親交を結んだ。ひそかに詩を書きはじめる。イタリアの詩人カルドゥッチにノーベル文学賞。

一九〇七年(十九歳)

このころ、後年の作家ペーアと知りあう。高校卒業後は生計のため貿易商社に勤めていたらしい。アレクサンドリア市の文学者や芸術家たちとカッフェで語りあい、ヨーロッパ新文学の趨勢を広く知るようになった。

一九〇八年(二十歳)

大理石と木材商を営んでいたペーアの家《赤い荒屋》に頻繁に通う。木造二階建で赤ペンキを塗りたくったペーアの住居はアナーキストたちの国際的な溜り場であった。アレクサンドリア港で反乱を起こして捕えられたロシア水兵たちの救出作戦が《赤い荒屋》で計画され、ウンガレッティもこれに加わった。そのためにイタリア領事館から告発されたが、無罪放免。

一九〇九年(二十一歳)

商社駐在員としてカイロに少なくとも数カ月住んだ(年末から翌一〇年にかけて)。無神論と無政府主義の記事を、エジプトの地方新聞などに発表した。短篇小説の習作とポオの翻訳も活字にしたというが、詩はいっさい発表していない。マリネッティ《未来主義宣言》をパリ『フィガロ』紙上に発表(二月)。

一九一一年(二十三歳)

『ヴォーチェ』誌の主幹プレッツォリーニと文通を開始。このころ、アレクサンドリア西郊外、砂漠の海岸メクスに住むチュイル兄弟の家を、しばしば訪ねた。

一九一二年(二十四歳)

初秋、アレクサンドリア港を発ち、イタリアのブリンディジ港に下船。ローマ、フィレンツェに短期間滞在してから、陸路をパリへ向かった。生まれてはじめて見た山岳に強い印象を受けた。また、この世に建築が存在することを知った。それまでは砂漠、ナイル河と小屋の集落、そして海しか知らなかった。フィレンツェでは『ヴォーチェ』誌同人のプレッツォリーニ、ジャイエなどと会い、フランスの文学者、芸術家などを紹介してもらって、秋のパリに着き、カルム街に身を落着かせた。

一九一三年(二十五歳)

母親の希望によってパリの大学では法律を学ぶはずであったが、ベルクソン、ランソン、ベディエなどの授業に通い、あとは専ら文学者のカッフェや芸術家のサークルに入って、セヴェリーニ、ブラック、ポール・フォール、ピカソ、モディリアーニ、ジャコブ、デ・キーリコ、サヴィーニオ、ボッチョーニ、カッラたちと知りあった。当時、最も親しく交わったのは年長の友人アポリネールである。また、エジプトからモハメッド・シェアブがやってきて(時期に関しては諸説あり)、カルム街の同じ下宿で生活し、いっしょに文学部の授業に通った。このころから法律の勉強を完全に放棄した。九月、モハメッド・シェアブ自殺。フィレンツェの未来派展覧会(十一月〜翌年一月)でパピーニ、ソッフィチ、パラッツェスキたちを知り、『ラチェルバ』誌に加わるよう勧められた。

一九一四年(二十六歳)

第一次世界大戦勃発と同時に、イタリアへ帰国し、一時、ペーアを頼ってヴェルシーリア地域に住んだが、やがて画家カッラの厚遇を得てミラーノへ転居。詩集『喜び』の冒頭を飾る「青春の名残り」の詩篇を書いた。

一九一五年(二十七歳)

二月『ラチェルバ』誌に最初の詩二篇を発表。ついで四、五月にも同誌に詩を掲載した。第十九歩兵連隊に一兵卒として入隊し、初めのうち病気のため陸軍病院に収容されていたが、十二月にはカルソの最前線へ送られた。

一九一六年(二十八歳)

ほぼ一年間を前線の塹壕基地に過ごし、激戦のなかで短詩を書きとめた。十二月、処女詩集『埋もれた港』をウーディネで出版。限定八〇部。エットレ・セッラが編集と印刷に当たった。クリスマス休暇のさいに、これを友人たちに配る。

一九一七年(二十九歳)

一月末には前線に戻った。二月四日、いち早く、『埋もれた港』へのパピーニの書評が『レスト・デル・カルリーノ』紙に載る。

一九一八年(三十歳)

春に、所属連隊がフランス戦線へ移った。休暇をとって、しばしばパリに行き、兵隊向けの新聞を編集。アポリネールと頻繁に会った。休戦協定と同時にパリに駆けつけたが、アポリネールはすでに死亡。

一九一九年（三十一歳）
パリでフランス語詩集『戦争』を出版。二月、『ポーポロ・ディ・イターリア』紙パリ特派員となり、年末にはフィレンツェのヴァッレッキ社から詩集『難破の喜び』を出版。生涯の盟友ポーランと知りあう。このころ親しくなった友人にブルトンがいる。

一九二〇年（三十二歳）
モディリアーニ（一月二十四日死亡）の葬式に立ち会う。六月三日、ジャンヌ・デュポワと結婚。長年のパリの住居、カルム街五番地を引き払う。

一九二一年（三十三歳）
『ポーポロ・ディ・イターリア』紙への寄稿を終わらせ、年頭からパリのイタリア大使館で情報文献の整理に当たる。

一九二二年（三十四歳）
イタリアへ帰り、ローマに住む。外務省印刷局で情報文献の整理と公報の編集に当たる。四月、ジェノーヴァで開かれた国際会議に、妻ジャンヌと共に、フランス報道機関の代理として（友人のポール・アザールに依頼され）出席。このころ『ロンダ』誌の同人たちに接近、チェッキと親しく交わる。ファシストのローマ進軍（十月）。

一九二三年（三十五歳）
エットレ・セッラの要請により、ラ・スペツィアで新版『埋もれた港』（ムッソリーニ序文）を刊行。『難破の喜び』や『時の感覚』の初期詩篇もこれに併録した。経済的理由からローマ市近郊マリーノの丘陵地に居を定めた。

一九二五年(三十七歳)

長女アンナ・マリーア誕生。『コメルス』誌(―三二年)同人となり、編集にたずさわる。モンターレ処女詩集『烏賊《いか》の骨』出版。ムッソリーニがファシズム独裁を宣言。

一九二六年(三十八歳)

母親マリーア死亡。

一九二八年(四十歳)

復活祭の聖週間をローマ近郊スビアーコに過ごして、回心。

一九三〇年(四十二歳)

長男アントニエット誕生。クァジーモド処女詩集『水と土』出版。

一九三一年(四十三歳)

プレーダ版『喜び』刊行。一九一四―一九年の詩作品を収める。このころより四年間、トリーノの『ガッゼッタ・デル・ポーポロ』紙特派員となり、二十年ぶりに訪れたエジプトや、コルシカ、オランダ、およびイアリア国内各地に赴く。

一九三二年(四十四歳)

詩集『喜び』によってヴェネツィアの《ゴンドリエーリ賞》を受け、詩人としての声価高まる。

一九三三年(四十五歳)

詩集『時の感覚』をフィレンツェとローマで同時に出版。スペイン、フランス、ベルギー、オランダ、チェコスロヴァキア、スイスなどの各地で現代イタリア文学の講演を行なう。

一九三六年(四十八歳)

『翻訳詩選』出版。ゴンゴラ、ブレイク、ペルス、エセーニン、ポーランの作品を収録。ブラジルのサンパウロ大学にイタリア文学教授として招聘される。一九四二年までサンパウロに在住。生活がようやく安定した。パヴェーゼ処女詩集『働き疲れて』出版。スペイン戦争始まる(七月)。

一九三七年(四十九歳)

兄コスタンティーノ死亡。グラムシ獄死。

一九三九年(五十一歳)

長男アントニエット、九歳で病歿。第二次世界大戦勃発。

一九四二年(五十四歳)

イタリアがブラジルと国交断絶、戦闘状態に入るが、その寸前に、最後の引揚船で帰国。イタリア・アカデミー会員に選ばれ、ローマ大学教授に任命された。ダンテ、ヤコポーネ、ペトラルカ、レオパルディなど、専ら詩人を論じた。《ある男の生涯》という副題をつけて、モンダドーリ社《スペッキオ》叢書が決定版ウンガレッティ全詩集の刊行を開始。年末に第一巻『喜び』刊行。

一九四三年(五十五歳)

決定版第二巻『時の感覚』刊行。連合軍との休戦協定。ナチ・ファッショ制圧下でイタリアの解放戦争始まる(九月)。

一九四四年(五十六歳)

訳詩集『シェイクスピアのソネット二十二篇』出版。

一九四五年(五十七歳)

決定版第三巻『散逸詩篇』刊行。イタリア解放(四月)。ムッソリーニ、パルチザンによって処刑。ヴィットリーニ『ポリテークニコ』紙創刊。

一九四七年(五十九歳)

決定版第四巻『悲しみ』刊行。ファシズム体制への協力を理由に、作家協会からの《追放》が論議されるが、ウンガレッティを非難する者なし。ローマ大学教授の留任が決まる。

一九四八年(六十歳)

訳詩集『ゴンゴラおよびマラルメ詩集』出版。

一九四九年(六十一歳)

最初の散文集『都会の貧しき者』出版。カンピドッリオの丘で詩人の栄光を讃え、ローマ賞が授与された。

一九五〇年(六十二歳)

一九三五年から書きついできた詩篇を完結させ、決定版第五巻『約束の地』として刊行。ラシーヌの『フェードル』を翻訳出版。パヴェーゼ自殺。

一九五二年(六十四歳)

シュヴァルツ社からモランディの挿絵による限定版詩集『叫び声と風景』を刊行。

一九五四年(六十六歳)

決定版第六巻『叫び声と風景』刊行。

一九五六年（六十八歳）

ヒメネス、オーデンらとともに、詩の国際ビエンナーレ賞を受ける。

一九五八年（七十歳）

『レッテラトゥーラ』誌、《ウンガレッティ特集号》を編む。妻ジャンヌ死亡。ローマ大学を退く。

一九五九年（七十一歳）

十月、詩人クァジーモドにノーベル文学賞。十一月、画家フォートリエと評論家ポーランを伴って来日。

一九六〇年（七十二歳）

一九五二年以降の詩作品をまとめて決定版第七巻『老人の手帳』を刊行。

一九六一年（七十三歳）

『都会の貧しき者』を中心にして、散文集の決定版『砂漠とその後』をモンダドーリ社から刊行。

一九六二年（七十四歳）

ヨーロッパ作家共同体の会長に推された。

一九六四年（七十六歳）

ニューヨークのコロンビア大学で連続講演。

一九六五年（七十七歳）

翻訳『ブレイクの幻影』を出版。

一九六六年（七十八歳）
国際的な文学賞の詩部門エートトナ・タオルミーナ賞を受ける。
一九六八年（八十歳）
八十歳の誕生日を記念し、ローマのキージ宮殿で、イタリア政府主催の祝賀会がひらかれ、モンターレとクァジーモドも出席した。
一九六九年（八十一歳）
フランスの『レルヌ』誌、《ウンガレッティ特集号》を編む。ガリマール社からフランス語による詩論集『無垢と追憶』を出版。スイス、ドイツ、アメリカの各地で講演。モンダドーリ社から《メリディアーニ》叢書版一巻本『ウンガレッティ全詩集（ある男の生涯）』を刊行。
一九七〇年（八十二歳）
六月二日未明、ミラーノで歿。四日、ローマ城壁外の聖ロレンツォ教会堂で葬儀。カルロ・ボーが弔辞を読みあげた。《ただただ幻滅に明け暮れした、政治と社会の暗い歳月の狭間で、わたしの世代の若者たちは、ウンガレッティのためならば、すなわち詩のためならば、いつでも命を投げ出したであろう》
一九七四年
モンダドーリ社から《メリディアーニ》叢書版一巻本『ウンガレッティ詩論集（ある男の生涯）』が刊行された。翌年、詩人モンターレにノーベル文学賞。

〔編集付記〕

本書は河島英昭訳『ウンガレッティ全詩集』（筑摩書房、一九八八年）を文庫化したものである。そのさい、改行や行あけなどの誤りを直し、多少の表記を変え、訳文のごく一部を改めた。また、その後の研究の成果を踏まえ、主として「年譜」に、それと連動して僅かながら「解説」に、加筆修正を施した。

（岩波文庫編集部）

ウンガレッティ全詩集《ぜんししゅう》

2018年4月17日　第1刷発行

訳　者　河島英昭《かわしまひであき》

発行者　岡本　厚

発行所　株式会社　岩波書店
〒101-8002 東京都千代田区一ツ橋2-5-5

案内 03-5210-4000　営業部 03-5210-4111
文庫編集部 03-5210-4051
http://www.iwanami.co.jp/

印刷・理想社　カバー・精興社　製本・中永製本

ISBN 978-4-00-377006-1　Printed in Japan

読書子に寄す

——岩波文庫発刊に際して——

岩波茂雄

真理は万人によって求められることを自ら欲し、芸術は万人によって愛されることを自ら望む。かつては民を愚昧ならしめるために学芸が最も狭き堂宇に閉鎖されたことがあった。今や知識と美とを特権階級の独占より奪い返すことはつねに進取的なる民衆の切実なる要求である。岩波文庫はこの要求に応じそれに励まされて生まれた。それは生命ある不朽の書を少数者の書斎と研究室とより解放して街頭にくまなく立たしめ民衆に伍せしめるであろう。近時大量生産予約出版の流行を見る。その広告宣伝の狂態はしばらくおくも、後代にのこすと誇称する全集がその編集に万全の用意をなしたるか。千古の典籍の翻訳企図に敬虔の態度を欠かざりしか。さらに分売を許さず読者を繋縛して数十冊を強うるがごとき、はたしてその揚言する学芸解放のゆえんなりや。吾人は天下の名士の声に和してこれを推挙するに躊躇するものである。このときにあたって、岩波書店は自己の責務のいよいよ重大なるを思い、従来の方針の徹底を期するため、すでに十数年以前より志して来た計画を慎重審議この際断然実行することにした。吾人は範をかのレクラム文庫にとり、古今東西にわたって文芸・哲学・社会科学・自然科学等種類のいかんを問わず、いやしくも万人の必読すべき真に古典的価値ある書をきわめて簡易なる形式において逐次刊行し、あらゆる人間に須要なる生活向上の資料、生活批判の原理を提供せんと欲する。この文庫は予約出版の方法を排したるがゆえに、読者は自己の欲する時に自己の欲する書物を各個に自由に選択することができる。携帯に便にして価格の低きを最主とするがゆえに、外観を顧みざるも内容に至っては厳選最も力を尽くし、従来の岩波出版物の特色をますます発揮せしめようとする。この計画たるや世間の一時の投機的なるものと異なり、永遠の事業として吾人は微力を傾倒し、あらゆる犠牲を忍んで今後永久に継続発展せしめ、もって文庫の使命を遺憾なく果たさしめることを期する。芸術を愛し知識を求むる士の自ら進んでこの挙に参加し、希望と忠言とを寄せられることは吾人の熱望するところである。その性質上経済的には最も困難多きこの事業にあえて当たらんとする吾人の志を諒として、その達成のため世の読書子とのうるわしき共同を期待する。

昭和二年七月

岩波文庫の最新刊

柳井滋・室伏信助・大朝雄二・鈴木日出男・藤井貞和・今西祐一郎校注
源氏物語(三)
澪標―少女

明石から帰京した源氏は、公私ともに充実の時を迎える。そこに一つ影を落とす藤壺とのかつての恋…。厳密な原文と最新の注解で、好評の源氏物語。(全九冊)
〔黄一五―一二〕 本体一三二〇円

早稲田大学編
大隈重信自叙伝

幕末佐賀藩における少壮時代、征韓論政変、東京専門学校と立憲改進党の創設など、日本の近代化を推進した大隈重信の回顧談から、自伝的な記述を編集・収録。
〔青N一一八―二〕 本体一一三〇円

浜田雄介編
江戸川乱歩作品集III
パノラマ島奇談・偉大なる夢 他

乱歩の代表作「パノラマ島奇談」、戦時下の本格的探偵小説「偉大なる夢」の他、「百面相役者」「毒草」「芋虫」「防空壕」「指」の七篇を収録。(全3冊)
〔緑一八一―六〕 本体一〇〇〇円

田山花袋
田舎教師

家庭貧しく代用教員となった一文学青年のはかなき人生を、北関東の風物と共に描く自然主義文学の代表的作品。改版。(解説=前田晁、尾形明子)
〔緑二一―二〕 本体七四〇円

……今月の重版再開……

田山花袋
東京の三十年
本体七四〇円
〔緑二一―三〕

志賀直哉
万暦赤絵 他二十二篇
本体八五〇円
〔緑四六―三〕

篠田鉱造
明治百話(上)(下)
本体(上)七八〇円・(下)八四〇円
〔青四六九―一〕
〔青四六九―二〕

定価は表示価格に消費税が加算されます　2018.3